夫は泥棒、妻は刑事7

泥棒に手を出すな

赤川次郎

徳間書店

目次

可愛い犬には旅をさせろ 5
スクールバスに並ばないで 69
明日に架けた吊橋 129
三途の川は運次第 189
時刻《とき》は現金《かね》なり 251
解説 村上貴史 312

可愛い犬には旅をさせろ

1

アメリカの映画やTVなんかには、よくある。

主人公の探偵か刑事が、グラマーな金髪の美女とソファで愛を語らい、いざこれから本格的ラブシーン……てところに電話がかかって、「事件だ！」ってことになる。

主人公は、ふくれっつらの彼女に、チュッとキスしてやって、

「仕事だ」

と一言、拳銃《けんじゅう》をホルスターに納めて、颯爽《さっそう》と出て行く――。

今、この今野《こんの》家のソファでも、似たような光景がくり広げられていた。もっとも、少し違う点もあって……。

「おい……」

と、今野淳一《じゅんいち》が言った。「電話が鳴ってるぜ」

「そう……。聞こえないわよ」

妻の真弓《まゆみ》は、淳一の耳に囁《ささや》きかける。「空耳でしょ」

「こんなでかい空耳はないと思うぜ」

「そう？」

「――いいのか？　事件かもしれないぜ」

「事件でないかもしれないわ」

と、真弓は淳一にキスしながら、「もしかしたら、間違い電話かもしれないでしょ」

「うん……」

「電話セールスかもしれないわ」

「まあな」

「電話が私たちにやきもちやいて、勝手に鳴り出したのかもしれないわ」

「まさか」

――しかし、電話がしつこく鳴り続けるので、ついに真弓も、現実を認めないわけにはいかなくなった。

「全くもう！——相手の都合も考えて鳴ってほしいわね」

と、無茶を言いながら、「はい、今野」

不機嫌そのものという声を出す。

「あ、真弓さんですか」

と、ホッとした声は、真弓の部下の道田《みちだ》刑事である。「良かった！」

「ちっとも良かないわよ」

「あの——お忙しかったんですか」

真弓に惚《ほ》れている道田としては、真弓を怒らせるのが怖いのである。

「いいえ、別に」

真弓はわざと深刻な声を出して、「ただね、この電話が私たち夫婦の間に、二度と埋められない決定的な溝を作ってしまった、ってだけなのよ」

「真弓さん。あの——僕は何も——」

「いいのよ。どうせ道田君には関係ないことですもんね。私が不幸になっても、それは私の問題で」

「そ、そんなことはありません！」

と、道田が焦っている。「殺人事件の一つや二つ！　真弓さんの幸福の方がずっと大切です」

それが刑事のセリフかね、とそばで聞いていた淳一がため息をついて、真弓をつつくと、

「おい、いい加減にいじめるのはやめろよ」

と、囁いた。

「そうね。――それで、何なの、事件は？」

「あ、あの……。でも、もし真弓さんが――その――どうしても今はだめとおっしゃるのなら――」

「いいわよ、ともかく殺人事件なのね」

「そうです。ただ――誘拐もあるんですが」

「誘拐と殺人？」

こりゃ大事件だ。「じゃ早く迎えにいらっしゃいよ！　何をグズグズしてんの！」

「す、すみません！」

電話の向うで、道田が飛び上がっているのが目に見えるようだった。――常に、部下というのは辛《つら》いものなのである。

「しょうがないわね。仕度しよう」

と、真弓が電話を切ると、立ち上がった。

「ま、頑張って来い」

今野淳一、三十四歳。妻の真弓が二十七歳。様々な意味で対照的な夫婦ではあるが、一番対照的なのは、夫が泥棒で妻が警視庁捜査一課の刑事、という点であろう。

もっとも淳一に言わせりゃ、ただ鉄格子の向うとこっち、というだけの違いで、どっちが外かは考えようだ、ということにもなる。

「あなた、今夜は仕事?」

と、真弓が訊《き》いた。

夜の十一時になるところである。淳一は肯《うなず》いて、

「うん。ま、天気次第だ。雨じゃ忍び込むのに不便だからな」

「そうね。じゃ、気を付けて」

泥棒と刑事の会話にしちゃ妙なものである。しかしともかく——真弓は欠伸《あくび》しながら、渋々(?)出かける用意を始めたのだった……。

「——すみません、真弓さん」

と、パトカーの中で、まだ道田は気にしている。

二十五歳の若い刑事で、大いにやる気はあるのだが、生真面目《きまじめ》に過ぎるのと、真弓に惚れ過ぎているところが欠点である。

「もういいわよ」

と、真弓は手を振って、「何もあんなに気をつかわなくたって」

「すみません……」

と、また謝っている。

何しろ、淳一と真弓の間がうまくいかなくなっては、と心配して、わざわざ途中でケーキを買って持って行ったのである。パトカーが現場へ急行する途中、ケーキ屋に立ち寄るというのも珍しいだろう。

「それで、誘拐されたのは？」

「ケーキです。――あ、いや、違った。ええと……」

と、あわてて手帳をめくって、「村上《むらかみ》家というんです。結構お金持のようですね」

「身代金目当てね、犯人は。――何をやってるの、村上っていう人は？」

「さあ、医者か弁護士か国会議員か……」

「ずいぶん違うじゃないの」

「ええ。でも、今、金持っていうと、たいていこんなもんでしょ」

「いい加減ね」

と、真弓は苦笑いしたが、まああまり人のことを言えた柄ではない。

パトカーは都心でも一等地と言われる地域に入って来ていた。サイレンなんか鳴らして走ると、苦情が出そうなくらい、静かな所である。

「あ、これですね」

パトカーが停《とま》ったのは、七階建の堂々たる建物。

「高級マンションね」

と、そのどっしりとした外観を見て、真弓はため息をついた。「世の中には、こんな所に住んでる人間もいるんだわね……」

「大したもんですね。――真弓さん」

「何よ?」

「宝くじに何回当ったら、ここの一部屋買えます?」

「考えないほうがいいわよ。惨《みじ》めになるだけ」

真弓は道田を促して、「何号室かしら」

と、建物の中へ入って行った。

ロビーも豪華なリビングルーム、といった趣。そこに背広姿の男が立っていた。

「守衛にしちゃ、いい格好してるわね」

と、真弓は道田に言ってから、「――失礼ですけど」

「どちら様でしょう?」

三十代半ば、という感じのその男、なかなか切れそうである。

「警視庁の者です。村上さんのお部屋――」

「お待ちです」

と、男は言って、さっさと先に立って案内する。

真弓と道田はあわててついて行った。

ロビーの奥にがっしりした扉があって、それを開けると、中に更に玄関のドア。やはり高級マンションだけあって、厳重である。

「――どうぞ」

玄関だけでも、真弓の家の居間ぐらいの広さがある!　少々圧倒される感じだった。

「――やあ、来たね」

と、奥から出て来たのは、検死官の矢島《やじま》である。

「遅くなって」

もちろん顔なじみの真弓、矢島の肩を軽く叩《たた》いて、「現場は?」

「この部屋だ」

玄関を入って、一番初めのドア。——中を覗《のぞ》くと、そう広くはないが、ベッドやTVから、テーブル、ソファ、と一応の物は揃《そろ》っている。ワンルームのマンションみたいな造りである。

「この部屋は?」

と、真弓は、案内してくれた男に訊いた。「誰《だれ》かに貸してたんですか」

「ここは、彼の部屋です。——いや、部屋でした、と言うべきでしょう」

「死体は?」

「奥のバスルーム」

と、矢島が言った。

「バスルームもついてるの?」

奥の小さなドアを開けると、なるほど、ビジネスホテル並みではあるが、ユニット式のバストイレになっている。その男はバスタブに頭から突っ込むようにして、死んでいた。

「銃ね」

「うん。背中を一発。——心臓を撃ち抜いている。いい腕だ」

と、矢島が肯く。

「被害者は何という人ですか」

と、真弓は、案内役の男に訊いた。

「吉川《よしかわ》といいます。こちらの使用人で」

使用人。——なるほど。ここはいわゆるメイドルーム、ってやつなのか。

「申し遅れまして」

と、男が言った。「私は村上様の秘書を務めております、原《はら》と申します」

「原さんね。よろしく」

真弓は、死体を覗き込んで、「——ずいぶん、がっしりした体格の人ですね」

「元プロレスラーです」

「はあ……」

これが相手じゃ、銃を使わなきゃ、勝ち目はなかったかもしれない。

「凶器は？」

「今のところ、見付かっていないようだ」

と、矢島が言った。「ともかく、ここの主人の話を聞いて来たら？　待ってたらしいからね」

「分かったわ。――電話の逆探知の用意とか、できてるのかしら」

「その必要はありません」

と、原が言った。

「どうしてですの？」

「村上様は、犯人の要求があれば、すぐにでも身代金をお払いになるでしょう」

「まあ……そうでしょうけど……。でも――。いいわ。ともかく、村上さんに会わせて下さい」

「こちらへ」

と、原がまた玄関へ出て行くので、

「あの――奥にいらっしゃるんじゃ？」

「上のお部屋においでです。七階の」

と、原は言った。

「へえ。七階にもお部屋が？」

「といいますと？」

「つまり――このマンションに、二つもお部屋を？」

「ここはマンションではありません」

と、原が無表情のままで、言った。「全部、村上様のお宅です」

「全部——」

真弓も道田も、半ば呆然《ぼうぜん》としたまま、エレベーターで七階へ上がったのだった……。

——両開きの扉が開くと、

「警視庁の方です」

と、原が言った。

真弓と道田は中へ入って、息を呑《の》んだ。

ほとんどフロア全部の広さがある部屋なのだ。ずっと奥の方に、ソファに座った夫婦の姿が見えた。

「どうぞ、こちらへ」

と、立ち上がったのは、部屋着に身を包んだ六十ぐらいの男で、「そこではお話もできません」

確かに、入口の所に立っていたのでは、大声を出さないと聞こえないだろう。

「捜査一課の今野です。これは道田刑事。あの——」

「村上です。どうぞおかけ下さい」

白髪の、穏やかな紳士である。少しも偉ぶった様子がないのが、真弓は気に入った。

と、村上が言うと、壁に作りつけた戸棚が急に動き出して、横へ音もなく滑《すべ》ると、そこが出入口になっていて、十七、八の娘が入って来た。

セーターとスカートという格好で、お手伝いさんという雰囲気ではない。

「娘の美保《みほ》です」

と、村上は言った。「コーヒーか紅茶でも?」

「は?――あ、それでは、コーヒーを」

呆気《あっけ》に取られていた真弓は、やっと我に返った。

美保が、コーヒーカップを出して、銀色のコックをひねると、熱いコーヒーが出て来る。

道田が真弓に、

「水道局が、蛇口からコーヒーも出るサービスをしてるんですか?」

と、小声で訊くので、真弓はもちろん無視することにした。

「それでは――」

と、真弓はソファに浅く座って、咳払《せきばら》いすると、「誘拐されたのは?」

「太郎《たろう》です」

「お飲物を」

と、初めて妻の方が口を開く。「早く取り返して下さい！　あの子は今ごろ寒さに凍えて……」

「八枝《やえ》。落ちついて」

と、村上がなだめる。「お前が騒いでも、太郎は戻って来ない」

「太郎さん、とおっしゃるんですね」

と、真弓はメモして、「ご長男ですか」

少し間があって——娘の美保が、さもおかしそうに笑い出した。手にしたコーヒーカップがカタカタ音をたてる。

「美保！　何がおかしいの！」

と、八枝が目をつり上げて叫んだ。

四十代の末ぐらいか。化粧が濃すぎて、肌が早く老化した、という顔をしている。

「——長男じゃなくて、長犬ていうのかしら、あえて言えば」

「長犬？」

「そう。誘拐されたのは、人間じゃなくて、母の可愛《かわい》がってた犬なの」

「犬？」

真弓は唖然《あぜん》とした。

「だからどうだっていうの！」

と、村上八枝が金切り声を上げて、「犬でも、家族と同じだったんです！　あの子は……そりゃあ素直な子で……」

と、今度はさめざめと泣き出した。

真弓は、いささかうんざりした。――犬の誘拐のために、こんな時間にのこのこ出かけて来たのか。しかし、人も殺されていることではあるし……。

「分かりました」

と、真弓は極力、やる気のなさが声に出ないようにして、言った。「ええと……。誘拐された時の状況を」

「私たちは出かけていました」

と、村上が言った。「親子三人です」

「犬じゃなくて人間の子供の方とね」

と、娘の美保が皮肉っぽく注釈を加える。

「で、犬は――太郎さんは留守番を？」

「吉川に預けて行ったのです」

と、村上は言って、首を振った。「しかし……。まさかこんなことになるとは」

「いつもお出かけの時は、吉川という方に預けていたんですか」

「そうです」

「それで――何時ごろからお出かけに？」

「さあ、夕方の……五時ごろでしたかね、三人でここを出たのが」

「そんなものね」

と、美保が肯く。

「どちらへお出かけでした？」

「パーティがありましてね。Tホテルの宴会場で」

「そこにずっと――」

「ええ。パーティがはねたのが、八時半ごろかな。三人で、ラウンジへ寄って一休みし、帰宅すると――」

村上は、ちょっと両手を広げて見せて、「吉川が死んでいて、太郎の姿がなかった、というわけです」

真弓は少し考えて、

「――吉川さんが殺されて、犬の姿が見えなかった、と……。犬は、ただ逃げたのとは違うんですか？　泥棒か、それとも個人的に吉川さんを恨んでいた人間が、吉川さんを射殺して、その音にびっくりした犬が逃げ出してしまった、とは考えられませんか」

我ながらいい推理だ、と思ったが、村上八枝は、馬鹿にしたように鼻を鳴らして、

「あなた、警視庁へ電話して、こんな馬鹿な刑事は交換しろと言ってやってよ」

TVの部品じゃない！　真弓はムカッとして、村上八枝を射殺してやろうかと思った。辛うじて我慢したのは、愛《いと》しい夫の顔が目の前にチラついたから——ではなく、もうすぐボーナスが出る、というのを思い出したからだった。今クビになっちゃ損だ！

「許してやって下さい」

と、村上は取りなすように言った。「ともかく家内は太郎を子供同然に可愛がっていたんですから」

「とんでもないわ。子供以上よ」

当の子供を目の前にして、よく言うわ、と真弓は感心した。八枝は、

「太郎は、決してこの家から出て行ったりしません！　逃げる気なら、いくらだって家の中で隠れられます」

なるほど、と真弓も思った。

「分かりました。で、犯人から連絡は？」

「ありません」

と、村上は言った。「金でかたのつくことなら……」

「何億円だって出すわ」

と、八枝があっさり言ったので、道田刑事は唖然として、手帳を取り落としてしまった。

「私が誘拐されても、一文も出さないかもしれないのにね」

娘の美保の、ちょっと皮肉っぽい言い方が真弓には引っかかった……。

2

「で、これがその『太郎ちゃん』のお写真ってわけよ」

真弓は、居間のソファに引っくり返って、「あなた、ゆうべは仕事だったの？」

と訊いた。

「いや、ゆうべは中止した。特別滑りやすい屋根なんだ。途中で雨になったら困るからな。——ほう」

と、淳一は、テーブルの写真を取り上げて、「なかなか毛並みも良さそうじゃないか」

「その顔のどこが可愛いの？」

「なかなか愛敬《あいきょう》があるぜ」

「好みじゃないわ。まだ道田君の方がまし」

「人間の顔と比べるなよ」

写真には、一度見たら忘れられない、立派な茶と白の狆《ちん》が、村上八枝に抱かれて、鎮座していたのである。

「この女……」

と、淳一はふと眉《まゆ》を寄せた。「おい、この女の亭主は何て名だって？」

「村上よ」

「村上……何ていうんだ？」

「知らないわ。何とかいうんでしょ」

ひどい刑事である。

「ちょっと調べてみろよ」

「うん……」

翌日の昼下り。真弓はほとんど眠っていなかったので、トロンとした目で、バッグから手帳を取り出した。

「ええと……。ここに書いたと思うんだけどな。――ここにあるわ」

「何て名だ？」

「読めないわ、ひどい字で」

自分で書いておいて、真弓は顔をしかめると、「何でこんなに字が下手なの、私って？」

「見せろよ。――村上竜男《たつお》。やっぱりそうなのか」

と、淳一は肯いた。

「知り合い？」

「お前もよく無事に帰って来れたもんだな」

淳一は、コーヒーをいれて、「――少し目を覚《さ》ませよ」

「うん……。誰なの、村上竜男って」

「組織の大物だ」

「労働組合か何か？」

「犯罪組織さ。もちろん表向きはどこだかの社長だが」

「あの人がボス？」

真弓も少し目が覚めた。「へえ！　見かけによらない」

「見るからに人相の悪いギャングなんて、時代遅れだぜ」

「そうね。こんなに素敵な泥棒もいるんだし……」

と、真弓が淳一ににじり寄る。

「それは別問題だろ」

「でも、やっぱり……」

と、真弓は淳一にキスしながら、「時代遅れかしら？」

「おい。――昼間だぜ」

「いいの。昨夜《ゆうべ》はプロローグで邪魔が入ったから」

真弓は、淳一をソファに押し倒した。

今度は、電話もおとなしくしていた（？）が、その代り――。

「ワン」

淳一が目をパチクリさせて、

「おい、何か言ったか？」

「私じゃないわ。あなたが吠《ほ》えたんでしょ」

「俺《おれ》は人間だぜ」

「ワン」

「あの写真が吠えたのよ」

「おい待て。——確かに今の声は、この部屋の中だ」

起き上がった淳一は、居間の中を見回して……。

捜すまでもなかった。居間のドアの前に、いとも優雅に横たわっていたのは、あの写真とそっくりの狆だったのだ。


「呆《あき》れた」

真弓は唖然として、その狆が空の皿をペロリと一なめして、満足気にソファに座を占めるのを見ていた。

「——舌平目《したびらめ》のムニエルよ！　ぜいたくしてるんだから！」

「体にゃ悪いだろうぜ」

と、淳一は笑って言った。

早目の夕食を終えて、二人は、居眠りを始めた狆を見ながら、どうしたものかと考え込んでいた。

「でも、どうしてこんな所にいたのかしら、この犬？」

と、真弓が言った。

「歩いて来たわけじゃないだろうな」

「じゃ、どうやって――」

と言いかけて、真弓は唖然とした。「パトカーに……」

「それしか考えられないな。この犬は、誘拐されたんじゃなくて、逃げ出しただけなんだろう」

「私が言った通りじゃないの！」

と、真弓は憤然として、「あの奥さん！　私のことを、馬鹿だなんて！」

「まあ落ちつけ。――いいか、誘拐犯がいなかった、とも言い切れないぜ。誘拐しようとして、用心棒を殺し――」

「用心棒？　あ、そうか、吉川ってプロレスラー上がりだったのね」

「連れ出そうとしたら、犬が逃げちまった、とも考えられる」

「それはそうね」

真弓は肯いて、「ま、この犬を返しに行きゃ、さぞ喜ぶでしょ」

「そう単純にゃいかないぜ」

「どうして？」

「吉川を殺した犯人は見付けなきゃならない。それに、なぜ村上ともあろう男が、犬をさらわれたぐらいで警察を呼んだのか、妙だと思わないか」

「用心棒を殺されたのよ」

「用心棒の代りはいくらもいる。村上ほどの奴《やつ》なら、警察の力を借りずに、自分で犯人を捜せるはずだ」

真弓は首をかしげて、

「だけど……。実際に通報してるのよ」

「そこだ」

淳一は立ち上がると、「裏に、何か事情が隠されてると思った方がいいな。調べてみよう。——おい、この犬の世話をしてやれよ」

「私が？　だって本物の犬よ」

「分かってるよ」

「オシッコもするんでしょ」

「そりゃそうだろうな」

「それに毛がつくし……。私、あんまり好きじゃないのよね」

「そう言うなよ。——よく考えてみろ。その村上の女房の言ったこと」

「何のこと？」

「犬は逃げても、普通なら、家へ帰って来る。ところがこの犬は、どこかに隠れてて、パトカーへ忍び込んだんだぜ。きっと家へ帰りたくないわけがあったのさ」

「犬の家出ってわけか」

「ともかく、いくつかの線を当ってみる。二、三日置いてやれよ」

「分かったわ」

と、真弓はため息をついて、言った。「亭主を飼うのは慣れてんだけどね……」


「何だ、この混《こ》み方は！」

と、和田《わだ》は文句を言った。

「はあ。申し訳ありません」

と、運転手が答える。「何しろ、この道はいつも渋滞《じゅうたい》してましてて」

「それなら別の道を通りゃいいだろう」

和田は苛々《いらいら》と口の中のドロップをかみ砕いた。「俺は待たされるのが嫌いなんだぞ！」

和田の言うことは、どう考えても無茶である。しかし、それでも、こうして八つ当りできるのは、まあ幸せと言うべきであろう。

——和田は、やっと少し車が動き出すと、腕組みをして、

「おい！　昼飯の予約は入れてあるのか！」

と、怒鳴るように言った。

助手席に座っている和田の秘書は、返事をしなかった。

「おい！」

と、和田がもう一度声をかけると、運転手が代りに言った。

「秘書の方は眠ってますよ」

和田は顔を真っ赤にして、

「全く、どいつもこいつも……」

と呟《つぶや》きながら、窓の外へ目をやった。

和田の車は、いかにも重そうな造りのロールスロイス。特別製で、窓も防弾ガラスである。

悪い組織で、ちょっとした地位にいる和田としては、これぐらいの投資は、もちろん見栄《みえ》の要素も大いにあったが、まあ仕方のないことだった。

しかし、用心棒を兼ねた秘書がグーグー眠っていては、いざって時に、何の役にも立たない。——クビにしてやるか、などと和田は考えていた。

「少し空《す》いた道もありますが、そこを曲ると」

「ああ、そっちで行ってくれ。苛々して死んじまう」

「かしこまりました」

と、運転手が答える。

突然、ロールスロイスは猛然と飛び出した。キーッとタイヤをきしませてカーブすると——前の車を次々に追い越し、時には対向車線にもはみ出して、突っ走る。

和田も、危うく座席で引っくり返りそうになって、

「おい！——やり過ぎだ！——おい！」

と、喚《わめ》いた。

車は、ガクンとはねて、歩道へ乗り上げると、歩道を走り始めた。和田は目をむいて、

「ここは歩道だぞ！」

「空いてます」

運転手が平然と答える。

「待て！　おい——危ない！」

和田が両手で顔を覆う。車の前に、乳母車《うばぐるま》が——。

「ご心配なく」

車は、スーッとスピードを落として、停った。

和田が目を開けて、

「生きてたか！」

と、息をつく。「——おい！　俺を殺すつもりか！」

すると運転手がヒョイと振り向いた。

「そうです」

和田の鼻先に、銃口が突きつけられる。

和田が青くなった。——ロールスロイスは、公園の裏手、人気のない場所に停っていた。

「お前は……」

「秘書の方は、薬でぐっすり眠ってますんでね」

と、運転手は言った。「本物の運転手も、トランクの中でお休みです」

「貴様……。誰だ！」

「まあ、これも仕事です。諦《あきら》めていただいて――」

「冗談じゃない！　俺は消される憶《おぼ》えはないぞ！」

和田は、ガタガタ震えている。「誰に頼まれた？　いくらだ？　払ってやる、助けてくれ！」

「質問の答え次第ですな」

「質問？」

「村上さんの所の犬が行方不明だ。ご存知ですな」

「犬？　ああ。――ボスの犬が誘拐されたとか聞いたが……」

「村上さんを恨んでいる一番手というと、どうもあなたのようでしてね」

「よしてくれ！　確かに……。まあ、昔は敵同士《かたき》で、やり合ったよ」

「今は？」

「今じゃ、奴とは比べものにならない」

と、和田は肩をすくめた。「相手にならんよ、俺なんか。村上の下でおとなしくしてるのが利口ってもんさ」

「額面通り、受け取っていいんですかな」

と、男は言った。

「もちろんだ！」

「まあ、あんたはそれが本音だとしましょうか」

と、男は言った。

この偽の運転手、もちろん淳一なのである。

「しかしね、村上さんは他の理由で、あんたに腹を立ててるんですよ」

「何のことだ？」

「知らんのですか。——息子さんのことですよ」

「実夫《じつお》のこと？」

和田が、心底びっくりした様子で、「おい、何の話だ？　実夫はまだ大学生だぞ。村上に恨みを買うなんてはずがない！」

「やれやれ」

と、淳一はため息をついて、「知らぬは親ばかりなり、というやつですな。——同じ大学に、誰が通っているか、知らんのですかね？」

「いちいち、息子の大学の見物に行ってる時間はない」

「村上美保ですよ」

和田が、ポカンとして、

「──つまり、村上の娘か」

「そうです。あんたの息子と、村上さんの娘が、同じクラブの先輩後輩ということになった。お互い、親のことを知る前に、運悪く恋してしまった……」

「まさか！」

和田は、怖さも忘れてしまった様子で、「実夫と、村上の娘が？」

「村上さんは、それを承知ですよ。つまり、あんたの息子が可愛い娘をたぶらかした、と……。まあ、たぶらかした、ってのは古い言い回しですがね」

「──何てことだ！　実夫の奴──」

「どうやら本当にご存知なかったらしいですな」

「当り前だ！　分かってりゃ、やめさせる」

「なるほど」

と、淳一は言って、拳銃を引っ込めると、「──結構。どうやら嘘《うそ》ではないらしい」

和田は息をつくと、汗を拭《ぬぐ》って、

「しかし──実夫たちのことと、村上の犬のことと、何の関係があるんだ？」

と、訊いた。

「さて、どうですかね」

と、淳一はとぼけて、「ともかく、村上さんは犬のことでカリカリ来てますよ。ご機嫌を損ねないことですな。——では、これで失礼」

淳一は、さっさと車を出て、歩き去る。

車に残された和田は、しばし呆然としていたが……。

「おい、起きろ！」

と、まだ眠りこけている秘書の耳もとで大声を出した。

3

「いかがでございましょう？」

と、ホテルの宴会係は、両手をこすり合せながら顔色をうかがっていた。

「そうね」

真弓は、出された料理を一口食べてみて、少し考えると、「——少し、塩味がきついかもしれないわね」

「さようで……。しかし、味つけにかけては、フランスから一流シェフを呼んで、当らせておりますが」

と、宴会係は、やや不服そう。

「でもね。パーティには、地位のある人が多いのよ」

「はあ、それは重々——」

「地位があるってことは、みんな年齢的にも、そう若くはないわね」

「さようで」

「ということは、その人たちの健康を思えば、当然、塩味を薄くすべきでしょ」

「はあ……」

「この料理が原因で、高血圧や脳溢血《のういっけつ》で倒れたらどうするの？」

「しかし——」

「ある意味では殺人未遂だわ」

「はあ？」

真弓は手帳を見せて、

「警察の者よ」

「は？」

宴会係は目を丸くして、「あの——披露宴のお打合せにいらしたのでは？」

「失礼ね」

と、真弓は宴会係をにらんで、「私は人妻よ。もう一回結婚したら重婚罪。あなた、それをそそのかすの？　逮捕するわよ」

「いいえ！　とんでもない！　あの――ほんの思い違いで……」

「なら結構」

と、真弓は肯いて、「この料理、悪くないわ」

「それはどうも……。あの、よろしかったら、お持ち帰りになりますか」

「そう？　でも高いんでしょ」

「とんでもない！　これはあくまでご試食いただく分でございますので、無料でございます！」

「タダ？　じゃ、いただいてくわ」

真弓はちゃっかりしている。「ところでね……。ちょっと、訊きたいんだけど」

――元はといえば宴会係の方が勝手に勘違いしたのであるが、それに乗って、散々宴会用の料理を試食した真弓、すっかりお腹が一杯になってしまった。

「――はあ、村上様がおみえのパーティでございますね。よく憶えております」

と、宴会係は、真弓の問いに答えて言った。

「どんな形式のパーティだったの？」

「立食形式で……。千人近いお客様でございました」

「千人ね……」

真弓は首を振った。誰かがパーティを抜け出しても、途中で入って来ても、まず分かるまい。

あの村上邸は、調べてみると、要塞《ようさい》並みに厳重な造りになっているのだ。その中へ入って、吉川を殺して出て来るというのは、容易なわざではないのである。

つまり、よほどあの邸宅に自由に出入りできる人間がやったか、それとも手引きをしたか、ということになる。

「あのパーティに来たお客で、村上さんの親しい方も大勢いたの？」

「それはもう。ほとんどの方がそうだったと思います」

千人からの客、一人一人に当ってはいられない。真弓は、念のために、

「パーティ途中で出てった人とか、分からないでしょうね」

と、訊いてみた。

「さあ……。ただ、気分が悪くなって倒れた方がいらして。——お部屋をお取りして、パーティの終るまで休んでおられました」

「その人、名前は分かる？」

「それはもう」

と、宴会係は微笑《ほほえ》んで、「村上様のお嬢様でした」


「美保」

ドアに耳を寄せると、低く呼ぶ声が聞こえて来る。「――美保。僕だよ」

村上美保は、急いでドアを開けた。

「――大丈夫？　誰かに見られなかった？」

和田実夫を中へ入れて、美保は急いでドアを閉めた。

「うん。――いくら何でも、全部のホテルに人はやれないさ」

実夫は息を弾ませていた。「でも、やっぱり走って来ちゃったよ」

二人は見つめ合い――抱き合った。

キスして、そのままベッドの方へ……。

「――待って」

と、美保が実夫を押し戻すと、「ね、待って」

「どうしたんだい？」

「座りましょ。――コーヒー、取ってあるから」

ホテルのツインルーム。――美保は、少し乱れた髪を直して、

「犬のことで、大変よ」

「僕の方もさ」

と実夫が言うと、美保は、コーヒーを注《つ》ぎかける手を止めた。

「あなたの方が大変って、どうして？」

「親父《おやじ》が、誰かから聞いたらしいのさ。君とのことをね。それで、君のとこの犬をさらったのは親父じゃないかって疑われた、とかで。――殺されるところだった、って、カンカンだよ」

と、実夫は笑った。

「大丈夫なの？」

「平気さ。そんなこと気にしてたら、きりがないよ。親父は熱伝導率が高いんだ」

「え？」

「熱しやすく、さめやすいのさ」

美保が笑った。実夫はホッとした様子で、

「君が深刻な顔してると、心配だよ。笑ってる方がよく似合う」

「そうね……。でも――」

と、美保は目を伏せた。

「何かあったのかい？」

「母のこと。出ては来たけど、気になってるの」

「だけど――」

「そりゃあ、がっくり来ててね。――馬鹿らしいとは思ってるのよ。でもね、やっぱり母親には違いないし」

美保は肩をすくめて、「だめね。何もかも、吹っ切って来たつもりなんだけど」

「いや……。君のそういう優しいところが、好きなのさ」

と、実夫は美保の肩を抱いた。

今度は美保も、されるに任《まか》せていたが……。

「でも――どこへ行っちゃったのかしら、太郎ったら」

と、言った。

「まだ何も手がかりはないの？」

「ええ。誘拐されたとしても、犯人も何も言ってきてないし」

「もう忘れよう」

「そうね。――ごめんなさい、いつまでも、こんなことばっかり言ってて……」

「お腹空いてる？」

「いいえ」

と、美保は首を振った。「あなたに飢えてるの……」

――部屋は三十分ほどの間、暗くなり、その間は作者の筆も休憩ということにしよう。

そして、再び明りが点《つ》くと、

「――お腹が空いたな」

と、実夫が言ったのである。

「何か取りましょうか。――お金、少し持って来た？」

「うん。でも、大したことないよ」

「いいわよ、何日かやっていければ。私も働くし」

美保は一旦《いったん》バスルームへ行って、軽くシャワーを浴びて来ると、ホテルの浴衣《ゆかた》を着て、ルームサービスで食事を頼んだ。

「じゃ、僕もシャワーを……」

「早くしないと、ルームサービスが来ちゃうわよ」

と、美保は笑って言った。

シャワーの音を聞きながらＴＶを眺めていると、ドアをノックする音。

「ルームサービスでございます」

と、声がした。

美保は一応念のために、ドアの凸レンズから覗いてみた。確かにワゴンを押した、制服のボーイ。

ドアを開けて、

「中へ入れて下さい」

と、頼む。

「失礼いたします」

と、ボーイはワゴンを押して部屋の奥へ入った。

ちょうどバスルームから、実夫が腰にバスタオルを巻いて、出て来た。

「いやねえ、出て来ないで」

と、美保は笑って、伝票にサインした。「どうもご苦労様」

「ありがとうございます」

と、ボーイは言って、「それから――」

「何か？」

「お話をうかがいたいことがございまして」

と、言ったボーイの手には、いつの間にか拳銃が握られていた。

美保がサッと青ざめる。ポカンとして突っ立っている実夫の前に駆けて行って、

「この人を殺さないで！」

と、叫んだ。

「殺すとは言ってないがね」

と、ボーイは言った。「ともかく、何か着てほしいね、その男性には」

実夫の腰のバスタオルが、落っこちてしまっていたのだ……。

「――さて、と」

ボーイ姿のその男は、もちろん淳一である。

実夫と美保をベッドに並んで座らせると、

「今、君らの親父さんたちが、血眼《ちまなこ》になって君らを捜してるよ」

「分かってるわ」

と、美保は言って、実夫の手を固く握った。「でも、この人とは別れない！」

「別れたって別れなくたって、そんなことは関心ないがね」

と、淳一は言った。「問題は、君らが、果してあの吉川という男を殺したかどうか、だ」

二人は顔を見合せた。

「いいかね」

と、淳一は美保に言った。「君は、あの時、パーティで気分が悪くなったと言って、抜け出した。そしてパーティが終る直前まで戻らなかったね」

美保は黙っていた。――淳一は、まだ拳銃を手にしている。

「君と、そこの坊ちゃんの二人は、パーティを抜け出してあの家へ行き、例の犬を誘拐しようとした。――違うかね？」

美保は実夫の方をチラッと見た。淳一は続けて、

「吉川をうまくごまかして、犬を連れ出そうとしたが、吉川はだめだと言い張る。そこでそこの坊ちゃんが、吉川を拳銃で――」

「違うわ！　そんな――」

「殺してなんかいない！」

と、実夫が叫ぶように言った。「僕らが行った時は、もう死んでたんだ！」

「だめよ！」

と、美保につつかれて、実夫はアッという表情になった。

「ま、いいさ」

と、淳一は笑って、「君らに人殺しはできないと思うよ。しかし、あの犬をさらおうとしてたことは、事実だ。そうだろ?」

美保は、渋々肯いて、

「そうよ。——あなた、誰なの?」

「ちょっと係《かか》わり合ってる者さ」

と淳一は言った。「二人で駆《か》け落ちするために?」

「お金がいるじゃないの。当座の費用だけでも」

「金庫には?」

「とても手が出せないわ。それに、父も母もお金の使い方には凄《すご》くうるさいの」

「なるほど」

「でも、本当に殺してはいないわ。そんな気もなかった。あの犬をどこかへ隠しておいて、お金をせしめるだけのつもりだった」

「ところが、行ってみると誰かが先に——」

「そうなの。二人でガタガタ震えてたわ」

「震えてたのは、僕だけだよ」

と、実夫が言った。

「何よ、いやね！」

赤くなって、美保がつつく。淳一は笑ってしまった。

「――ま、いい。ともかく、君らがやったんでないと分かりゃね」

「私たちのこと……。父に知らせるの？」

「いや、そのつもりはないよ」

と、淳一は言った。「しかしね、たぶん明日の朝になる前に、ここは見付かるだろう。――君らはまだ若いんだ。今は一旦家へ帰って、辛抱強く付合っちゃどうだい？」

こんな意見をされるとは思わなかったのだろう。二人とも当惑した様子で、顔を見合わせていた。

淳一はパッと立って、

「では、お食事が終りましたら、ワゴンは廊下へお出しになっておいて下さい」

と、一礼して部屋を出た。

廊下を歩いて行くと、

「――ねえ、ちょっと」

と、呼び止められる。「この辺の部屋に若い二人連れ、いない？」

「人の恋路は邪魔するもんじゃないぜ」

「あなた！」

真弓が目を丸くした。「何してんの？　アルバイト？」

「これも仕事の内さ」

「そう。——もしかして、村上美保が、あの犬を誘拐しようとしたんじゃないかと思ってるの」

「ほう」

「和田実夫っていってね、村上の下にいる男の息子が、美保の恋人なのよ」

「なるほど」

「二人の恋が、親から許されるわけないから、一緒に逃げようとしたんじゃないかと思うの。そのためのお金を作ろうとして、あの犬を誘拐しようとした。——どう、この考え？」

「すばらしい！」

「本当に？」

「もちろんさ」

と、淳一は真弓の肩を叩いて、「ところで、あの犬はどうした？」

「心配ないわ、ちゃんとドッグ・シッターをつけてあるから」

「誰だい?」

答えは、聞かなくても分かっていた……。

4

「道田君……」

ドアを開けて、真弓は言った。「どこにいるの?」

「明りが消えてるぜ」

「分かってるわよ」

真弓は、居間の明りをつけた。「——まあ!」

居間の中は、ひどく荒らされていた。

ソファが引っくり返り、カーペットもめくれているし、スタンドは倒れている、マガジンラックの中の雑誌は居間の方々に飛び散っていた。——本当に、ページが引き裂かれたりして、飛び散っていたのである。

「誰かが忍び込んだんだわ」

真弓は拳銃を取り出して、油断なく構えた。

「しかし、道田君は?」

と、淳一が言った。

「もちろん、殺されたんじゃない?」

と、真弓は割合あっさりと言った。

「しかし、死体もないようだぜ」

「その辺に落ちてない?」

ゴミ扱いである。

と、そこへ、

「ウーン……」

と、うめき声がして――倒れたソファの向うに、道田がよろけつつ立ち上がったのである。

「道田君! 死んでる?」

死んでたら、幽霊ってことになる。

「真弓さん……。僕はちゃんと、任務を果しました」

と、道田が喘《あえ》ぎつつ、言った。「犬はちゃんと……ここで寝てます」

なるほど、覗いてみると、あの狆は、いともスヤスヤと居眠りしている。

「良かった！――道田君、よくやったわ」

真弓に誉《ほ》められて、やっと道田も笑顔が出る。

「真弓さんにそう言っていただくと……」

と、胸が一杯の様子。

「で、敵は何人だったの？」

「は？」

と、道田が目をパチクリさせる。

「何人で襲ってきたの？　この様子から見て、三人以下ってことはないでしょうね」

「あの……別に、誰も来ませんでしたが」

と、道田が、少し言いにくそうに言った。

「でも……。じゃ、どうしてこんな風になってるわけ？」

「あの……。何しろこの犬、おとなしくしてないんです。で、追い駆け回してる内に、つい……」

「じゃあ……道田君と犬で、こんなに……？」

「はい。雑誌を破ったのは、この犬です」

「そう……」

真弓が顔を真っ赤にした。――怒鳴り出しそうになるのを見て、淳一が、

「おい、人に犬の面倒をみてもらったんだ。少々のことは我慢しろよ」

と、言った。

「少々のことならね！」

真弓は、犬よりよっぽどかみつきそうな顔で言った。

「――おい、電話が鳴ってるぜ」

と、淳一が言った。

なるほど、居間のどこかで、ルルル、と電話の鳴る音が聞こえていた。

「その辺かな？――違うな。おい、そのクッション、上げてみろ」

「あったわ！――はい、もしもし。――あ、課長。――いえ、ちょっと今、取りこんでいまして。――はあ？――何ですって？」

真弓が目を丸くした。

「一億円なら、喜んで出します」

と、村上八枝は言った「ねえ、あなた？」

「ああ」

と、村上竜男が肯く。

「で、犯人の指示は？」

と、真弓が手帳を出す。

「今夜、午前三時に、一億円を用意して待っていろ、というだけです」

と、村上が言った。「おそらく、その時間に、また連絡して来るんでしょう」

真弓は、チラッと、ついて来ている淳一の方へ目をやった。

村上邸の最上階。あのだだっ広い居間である。

「でも、今はもう十一時ですよ」

と、真弓は言った。「銀行も開いてないでしょうし」

「一億円ぐらいの現金なら、いつでもありますわ」

と、八枝が、ごく当り前のように言った。

真弓は、ちょっと咳払いをして、

「では、こちらとしては、警官を多数動員しまして――」

「太郎の安全を第一にして下さいね」

と、八枝が念を押した。

「――失礼いたします」

と、ドアが開いて、原が立っていた。

「何の用？」

と、八枝が苛々した様子で、「誰も来ないように、と言ったはずよ」

「お嬢様がお帰りになりました」

――美保が入って来た。

「ただいま」

「お帰り」

と、八枝は気のない様子で、「太郎ちゃんの身代金を一億円、要求して来たのよ」

「そう……」

「お前、どこへ行ってたの？」

美保が肩をすくめて、

「ちょっとそこまで」

と答えて――淳一に気付いて、ハッとした。

「おい、八枝」

と、村上がため息をついて、「美保が家出した、と教えてやったじゃないか」

「そうだった？　でも、帰って来たじゃないの」

と、八枝は言って、「さ、お金を出して来なきゃ。原さん、手伝って」

原を従えて、さっさと出て行ってしまう。

「――やれやれ」

村上は首を振って、「よく戻って来たな」

と、美保の肩に手をかけた。

「やめて」

と、美保は、ソファに身を沈めると、「娘より犬が大切ね。――大した母親」

「お前の気持は分かるが、母さんのことも分かってやれ。寂しいのさ」

「私だって、寂しいわよ」

と言うと、美保の目から涙が流れ落ちた。

「――美保」

「お父さん」

美保が、父親の胸にすがるようにして泣く……。

真弓は、そっと淳一を離れた所へ引張って行くと、

「ねえ、どうするの？」

「何のことだ？」

「あの犬よ！——うちにいるのよ」

「分かってるさ。一億円で返してやる」

「だって——」

「まあ、任せろ」

と、淳一は、真弓の肩を叩いた。「俺にじゃなく、犬にな」

「どういう意味？」

「犬だって、選ぶ権利はあるってことさ」

真弓は、ますます分からなくて、目をパチクリさせるばかりだった……。


「——三時だ」

と、村上が言った。

「連絡がないわ」

と、八枝は、もう青くなっている。「もしかして犯人の気が変って——」

「まあ待て。あの時計は一分ぐらい進んでるんだ」

と、村上が言ったとたん、電話が鳴り出した。

「——もしもし」

と、村上が出る。「——分かった。すぐ出る」

真弓は淳一の方へ、

「誰がかけてるの？」

と、囁いた。

「道田君さ」

「刑事に、身代金要求の電話をかけさせたの？」

「これも経験さ」

——村上が受話器を置いて、

「この先の公園で待ってるそうだ」

「出かけましょう」

と、八枝が言った。

「金は私が持つよ」

「いいえ！　私が持って行くわ」

と、八枝が言い張ったので、村上も任せることにしたらしい。

美保も一緒に、原を除いて五人がゾロゾロと、村上邸を出た。

「私の車で」

と、村上が言った。

大型のリンカーン。五人乗っても、ゆったりしている。

車は、ゆっくりと夜の閑散とした道へ滑り出した。

――結局、村上の要望と、淳一の助言で、警官を待機させるのは、やめてしまったのである。

まあ、道田を捕まえても仕方ないだろうし。

「――あそこだ」

公園まで車で四、五分。入口の前で車を停めると、五人は車を出た。

「私、一人で行くわ」

と、八枝が言った。

「危ないよ。一緒に行く。大丈夫さ」

「でも……」

結局、夫婦が先に、残る三人が、少し遅れてついて行くことになった。

「――本当に戻って来るのかしら」

と、美保が言った。

「戻らない方がいいか?」

と、淳一が訊く。

「まあね」

と、美保は笑って言った。

「でも、どうして、あんなに犬に夢中になったの？」

と、真弓が訊く。

「母は四十過ぎてから、男の子を産《う》んだんです」

と、美保が言った。「そりゃあ喜んで、大変な可愛がり方……。でも、一カ月足らずで死んでしまって」

「まあ」

「その時、寂しさを紛らわすために、って、あの犬を飼ったんです。母にとっては、あの犬は、子供の代りなんです」

「なるほどね」

と、真弓は肯いた。

公園の奥へ入って行くと、街灯の向うに、犬をつれた道田の姿が見えた。

「太郎ちゃん！」

と、八枝が叫んだ。「さあ、一億円よ！　太郎ちゃんを返して！」

道田の方へ、一億円入りの鞄《かばん》を放り投げる。鞄は地面に落ちて、その拍子に口が開いてしまった。

札束がいくつか転がり出る。

道田が、犬を離した。

狆は、タッタッタ、と嬉《うれ》しそうに尻尾《しっぽ》を振りながら、村上と八枝の方へ駆けて来た。

「太郎ちゃん！」

八枝が両手を広げて待ち受ける。すると──「太郎」が、少し手前で、ピタッと足を止めてしまったのである。

「太郎ちゃん、どうしたの?」

と、八枝が言った。「ほら、おいで!」

しかし──狆は、怯《おび》えたように、ジリジリと後ずさって行く。

「どうしたっていうの?」

と、八枝は呆然としている。

「──犬も、自分を殺そうとした人間のことは憶えているんですよ」

と、淳一が進み出て言った。

「何ですって?」

「村上さん。あなたは、この犬を殺そうとしましたね」

村上が、目に見えてギクリとした。

「あなた！」

と、八枝が目をみはる。「本当なの？」

すると——パッと狆が逃げ出した。

「待って！　太郎！」

八枝が追いかける。

「八枝！　犬のことなんか放っとけ！」

と、村上も追いかけて駆け出した。

狆は、あの鞄から飛び出た札束をけちらして、駆けて行く。札束の封が切れて、札が宙を舞った。

「待って！」

「八枝！」

「太郎！」

追われて、ますます狆の方は必死で駆ける。

かくて公園の中で、一匹の狆を追って大追跡戦がくり広げられた。

「——アッ！」

と、声を上げて、八枝が転んだ。

「八枝！」

村上が、駆け寄って抱き起こす。

「さわらないで！」

と、八枝が金切り声を上げた。

「八枝、俺は——」

「あなたは……」

「犬が何だ！」

「それが何よ！」

と、村上は叫んだ。「俺はお前の夫だぞ！」

二人の怒鳴《どな》り合いが、ふと静かになった。

「——八枝」

村上は、肩で息をしながら、「俺は、寂しかったんだ。この年齢になって、誰も信じる人間がいない。権力も金も、虚《むな》しい」

「あなた……」

「お前が、あの犬に夢中になるのを見ていると……。やり切れなかった」

「だから殺そうとしたの?」

「そうだ。——パーティを抜け出して、家へ戻った。吉川には用事がいいつけてあったので、いないはずだった。ところが——あの犬が、危険を感じたのか、逃げ回って姿を隠してしまった。必死で捜して——やっと見付けた時、吉川が止めようとして、私の拳銃の前に飛び出して来た。いや、本気じゃないと思っていたのかもしれないが……」

美保が、狆を抱いてやって来た。

「捕まえたわよ」

「あなた……」

八枝は、愕然《がくぜん》とした様子で、「あなたは忙し過ぎて、私に構ってくれる時間なんかないのかと思っていたわ」

「お前が、構わせてくれなかったんだ」

「だからって……」

真弓が咳払いして、

「吉川殺しを、認めるんですね?」

村上は、チラッと真弓を見て、

「ああ……。もう疲れた。けりをつけてもいいころだろう」

と、言った。

「あなた……」

「お前のことが心配だが、美保ももう子供じゃないしな」

村上は、おとなしく真弓に連行されて行った。

「――お父さん」

と、美保が呟いた。

淳一は、その言い方に、やっと「普通のお父さん」になってくれた、という懐かしさのようなものを、聞き取った。

「美保」

我に返った様子で八枝が言った。美保は、

「ほら、大事な太郎ちゃんよ」

と、狆を渡そうとしたが、

「あなたが抱いてて。――さ、帰って、急いで弁護士を」

「お母さん――」

「お父さんを、何とかして軽い刑にするのよ！　私の命にかけても」

さっさと八枝が歩き出すと、美保はあわてて追いかけて行った。

「――夫婦愛の問題だったのさ」

と、淳一は言った。

「はあ……」

道田は呆気に取られている。

「君、真弓を手伝ったら？」

「そうでした！　でも――あのお金が散らばって……」

「なに、僕が拾い集めといてあげるよ」

「そうですか？　すみません」

「なに。夫婦愛の問題だからね」

淳一はそう言ってニヤリと笑うと、駆け出して行く道田を見送ってから、のんびりと散らばった札を、拾い始めた……。

スクールバスに並ばないで

1

「あなた、学歴は？」

と、真弓に訊《き》かれて、新聞を読んでいた夫の今野淳一は面食らった。

「俺《おれ》がどうしたって？」

「学歴よ。あなたの学歴って、聞いたことがなかったわ」

「そりゃそうだ。言ったこともないからな」

「じゃ、教えてよ」

と、ソファの上で、真弓がにじり寄ってくる。

「オックスフォードやケンブリッジでないことだけは確かだ」

と淳一は言った。

「それ、ゴルフウェアのメーカーか何か？」

淳一はため息をついて、

「いいか、泥棒にゃ、別に資格なんてものは必要ない。だから学歴なんてものは、終ったとたんに忘れるもんなのさ」

「へえ。じゃ、何を教わったかも忘れちゃったの？」

「教わったことは忘れたが、学んだことは憶《おぼ》えてる」

「どこが違うの？」

「たとえば……」

と言いかけて、淳一は真弓の目が、いつもの光を見せているのに気付いた。

こうなると、話をそらしてもむだなのである。この「火」を鎮める方法は一つしかない……。

「たとえば――」

と、淳一はくり返した。「こういうことは大学でも教えちゃくれないんだ」

淳一が真弓を抱き寄せたのか、それとも真弓が淳一を抱き寄せたのか。その判断は非常に難しかったが、まあ結果は同じなのだから、どうでもいい。

——少なくとも、泥棒と女刑事が夫婦になる方法が、大学で学べないことは確かである。それでも実際に結婚してしまえば、この二人の如《ごと》く、結構幸せにやっていられるものなのである……。

「——しかし、何だって学校のことなんかに、急に興味を持ち出したんだ?」

と、淳一はしばしの「休憩」の後、一息つきながら言った。

「スクールバスよ」

と、真弓が答えて、「忙しいのに、困ったもんだわ、本当に。そう思わない?」

真弓は時として(かなりひんぱんに)、自分の知っていることは、当然相手も知っていると思い込むことがあった。

「何だ、そのスクールバスってのは?」

「知らないの? これはね、極秘なの」

「それなら、知らなくて当り前だろ」

「それもそうね」

と、真弓は肯《うなず》いて、「あなたって頭がいいのね」

淳一はコーヒーをいれて、少し頭をすっきりさせながら、

「スクールバスのことで、どうしてお前が困るんだ?」

「そりゃ事件があったからよ」

「スクールバスで？」

「詳しいことは極秘なの。でも聞きたいでしょ？」

「お前が話したいんだろ？」

もちろん、淳一も、多少興味がないわけでもなかったのである……。


バスが似ていたのが、そもそもの原因だった。

バスなんてものは、大体似たような格好をしているものだが、そのバスは、同じ道を走っている路線バスと、ボディの色までよく似ていたのだ。

――朝、寝坊して、水の一杯も飲まずに家を飛び出して来たサラリーマン、広田《ひろた》肇《はじめ》としては、かなりの近眼であるせいもあって、ちょうど走り去ろうとするそのバスを、いつも自分が乗っている私鉄系のバスだと思い込んだのも、無理のないことだったろう。

そのバスは、エンジンの音を馬のいななきみたいに響かせながら、走り出したところだった。

「待ってくれ！」

広田肇は、思わず叫んでいた。「おい、停《とま》ってくれ！」

広田は必死だった。

このバスに乗り遅れたら、遅刻してしまう！　しかも、今日は朝九時から会議である。

会議に出るからといって、広田は別に課長とか部長ではない。係長ですらない。

だから、会議といっても、入りたての新人まで含めて、課員全員が出席するやつで、
その内容は——当然、会社の経営に係《かか》わるような重大な議題はまるで出なくて、ただ、

「私用の電話はやめよう」

とか、

「家に、むだにたまっているテレホンカードがあったら、営業マンが途中外からかける時に使えるから、持って来よう」

といった、どうでもいいようなことばかり。

もちろん、広田が出席しないと会議が始まらない、なんてことはない。

それでいて、広田が必死になってバスを追いかけて行くのは、会議室へ、後から遅れて一人で入って行く時、課長から浴びせられる冷ややかな視線と、いやみたっぷりの文句に堪《た》えられないからだった。

それぐらいなら、仮病を使ってでも、休んだ方がいい……。

しかし――あのバスにさえ間に合えば……。

「待ってくれ！　乗せてくれ！」

広田は必死で追いかけた。いや追いすがった、と言った方が正確かもしれない。

そして――バスはスピードを落とし、停った！　やったぞ！

駆け寄ると、扉がシュッと音をたてて、開いた。

「――助かった！」

広田は、日ごろの運動不足のせいもあって、バスに乗っても、しばらくは握り棒につかまったまま、目を閉じて喘《あえ》いでいた。その間に、バスはまた走り出している。

「ああ……。やれやれだ」

やっと目を開けた広田はバスの中を見回した。もちろん、この時間、バスだってかなりの混雑で、とても空席なんてあるわけがないのだ……。

何だ、いやに空《す》いてるな、と、まず広田は思った。立ってる者が一人もいない。こんなことってあるのか？

次に、いやに子供が多いな、と思った。小学生ぐらいの子供……。いや――大人がいない！

子供ばっかりなのだ。どうなってるんだ、これは？

バスは走り続けていた。――呆気《あっけ》に取られて突っ立っていた広田は、

「失礼ですけど――」

という女の子の声に、振り返った。

小学校なら六年生だろう。スラリと背の高い、見るからにしっかりした女の子が、席から立って、言った。

「このバスに何のご用ですか?」

子供に、あんまりていねいな口をきかれると、広田としては何だか馬鹿にされているような気がして来る。

「何のご用って……。そりゃ決ってるだろ。バスに乗りたかっただけさ」

女の子は、いささか相手を小馬鹿にしたような目つきで、

「このバスで、どこへ行くんですか?」

と、訊いた。

「駅だよ、駅! そこからね、僕は電車に乗って、会社に行くんだ。分かったかい? 何も君のような子供に説明することはないんだ」

子供たちが、忍び笑いをしている。――広田は、ますます頭に来て、

「何がおかしいんだ!」

と、怒鳴《どな》った。

「お静かに」

と、その女の子が言った。「スクールバスの中では、大声を出しちゃいけないことになっています」

「ああ、そりゃ悪かったね。ともかく僕は座るよ」

広田は空いた席の方へ歩きかけて、振り向いた。「――今、何の中では、って言った？」

「スクールバスです」

と女の子は言った。「このバスは、K学園小学校のスクールバスです」

その言葉で、バスの中の子供達が、一斉に笑い出した。凄《すご》い笑い声のエネルギーだった。

大体、子供の声は甲高《かんだか》い。しかも笑い声となると、なおさらである。

バス中から、笑い声が矢のように広田に向ってぶつかってきた。

やっと、広田も自分の間違いに気付いた。そして、なすすべもなく、突っ立っていたのだ……。

「そりゃ気の毒に」

と、淳一は言った。「さぞかし、ばつの悪い思いをしただろうな」

「もちろん、自分が間違えたんだから、仕方ないけどね」

と、真弓は言って、欠伸《あくび》をした。「――もう寝ようかしら。あなた、これから仕事？」

「いや、別に……。しかし、話ってそれだけなのか？」

「何のこと？」

「いや、スクールバスの話さ。その広田とかってサラリーマンが、間違ってスクールバスに乗り込んで、それでおしまい？　捜査一課とどういう関係があるんだ？」

真弓は、ちょっと笑って、

「そうだったわね。まだ続きがあるのよ、もちろん」

「それで安心したよ」

「あなたが変なこと言うから」

俺は何も言ってない、と抗議しようとして、淳一は思い止《とど》まった。真弓にそんなことを言ってもむだなのである。

「それで、もちろん、広田って奴《やつ》はバスを降りたのか」

「降りようとしたのよ。ところがね——」

「それはできません」

と、その女の子が言った。

「何だって？」

「このバスを途中で停めることはできないんです」

ごく当り前の口調なのが、却《かえ》って広田を圧倒していた。これが子供らしく、面白がっているとか、意地悪でそう言っているのならともかく、その女の子の言い方は、まるでデパートの案内嬢か何かみたいに、至って機械的なものだったのである。

「君は——何だ、一体？」

と、思わず広田は訊いていた。

「私、六年一組の桜井《さくらい》久美《くみ》です」

と、女の子は言った。「このルートの責任者なんです」

「このルートのね……」

と呟《つぶや》いて、広田はちょっと咳払《せきばら》いすると、「ねえ君、確かに僕が間違ってこのバスに乗っちまったのは、悪かった。しかし、急いで会社へ行かなきゃいけないんだ。もうすぐ──」

と、チラッと表に目をやって、

「もう少しで次のバス停だ。そこで降ろしてくれないか。そうでないと──」

遅刻だ、と言いかけて、広田は思い直した。

「大事な仕事があるんだ。分かるだろ?」

桜井久美というその女の子は、

「残念ですけど」

と、首を振った。「このバス、このルートの子を全員乗せてしまったんです。学校へ着くまで、途中で扉を開けちゃいけないことになってます。決《き》まりなんです」

「おい、いい加減にしてくれよ」

広田は、うんざりして来た。「いいかい、これは子供の遊びじゃないんだ。さあ、早く、運転手に車を停めるように言ってくれ!」

「決まりですから」

と、桜井久美は、ゆずらない。

広田はムカッと来て、怒鳴りつけてやりたくなったが、バス中の子供たちが、じっと見ている。──大人げない真似《まね》はよそう、と何とかこらえて、自分で運転席へ歩いて行った。

「――間違えちゃって、失礼。その辺で降ろしてくれよ」

と、広田は、少し髪の白くなった運転手に声をかけた。

「だめだね」

と、運転手は肩をすくめた。

「だめ？――どうして？」

「あの子の許可がないとね」

「何だって？　しかし……」

「俺はK学園に雇われてるだけさ。確かに、途中でバスを停めて、扉を開けるのは規則違反なんだ。あの子が担任の先生にそれを報告したら、俺はクビだよ」

運転手はニヤッと笑って、「ま、あの子によくお願いしてみるんだね」

広田は絶望的な気分になった。――バスは駅への道から別れて、違う方向へと向っている。早く降りなくては。

「――君。桜井君といったかな」

と、広田は、相変らず立ったままの女の子の所へ戻って行くと、「頼むよ。停めるように言ってくれ」

「できません」

と、桜井久美の答えはアッサリしたものだった。

「何だと！　ふざけるな！」

頭に来た広田は、つい怒鳴っていた。「だったら、どうして僕を乗せたんだ！」

「大声で呼んで走ってきたんで、生徒の親が、何か忘れ物を届けようとしているんだと思ったからです」

「何でもいい！　早く、バスを停めるように言え！　大人が命令してるんだ！」

「私が規則を破ることになるんです」

と、桜井久美も言い返す。「その責任を取ってくれるんですか？」

相手が子供でなければ、きっとぶん殴っていただろう。いや、子供でなきゃ、こんなに腹を立てることもなかっただろうが。

「いいかね」

と、必死で怒りを押し殺して、「ちょっとバスを停めてくれりゃ、それでいいんだ。赤信号だってあるだろ？　そこで降ろしてくれりゃ――」

どんどんバスは駅への道から離れて行く。――広田は焦った。

「頼むよ。――ね、お金をあげる。みんなで、何か買って食べれば？」

と、千円札を三枚（思い切って）出してみたが、桜井久美は、

「結構です。みんな五千円くらいは持ってます」

と、事もなげに言った。

確かに、桜井久美の着ているセーターにしろスカートにしろ、およそそんなことの分からない広田から見ても、高そうな物だった。

「ねえ、君、降ろしてくれ。――僕はね、遅刻しちまうんだ。君だって、遅刻したらいやだろ？」

「したことありません」

「そう……。ともかく――降ろしてくれ！」

桜井久美は、真剣そのものの広田の顔を見ていたが、

「――分かりました」

と肯いた。「その先を右へ曲って、駅の方へ寄ってもらいます。学校には充分間に合いますから」

桜井久美が運転手の方へ歩いて行って、何か話をしているのを、広田は呆気に取られて見ていた。どうして気が変ったんだ？

バスは右折して、広田の知らない道を抜けて行った。

「——近道なんですよ、駅に出る」

と、桜井久美は言った。

「知らなかった。いや……ありがとう」

広田は子供相手に本気で怒鳴ったりしたことが、いささか恥ずかしくなった。

「会社に間に合う?」

もう道の先に駅が見えて来た。

「うん、充分間に合うよ」

「良かったわ」

桜井久美は、ニッコリと微笑《ほほえ》んだ。——広田にはちゃんと妻もいるし、少女趣味があるわけではないのだが、それでも、ちょっとドキッとするような、可愛《かわい》い笑顔だった。

「一つ、お願いがあるんです」

と、桜井久美が言った。

「何だい?」

「今朝のこと、学校に報告しなきゃいけません。あなたの名前、教えて下さい」

「ああ、それじゃ——」

広田は急いで名刺を出した。

「ありがとう。それと……何か証拠になる物が」

「証拠？」

「ええ。作り話じゃないってことを、証明してくれる物がほしいんです」

「だけど……」

「そうだなあ」

と、桜井久美は白い指先を唇に当てて、考え込んでいたが、「――そのネクタイ、いただけません？」

「ネクタイを？」

広田は目を丸くした。

ちょうどスクールバスは、駅の前に着いていた。


「――それでおしまい？」

と、淳一が訊く。「やっぱり事件らしいものは起きてないじゃないか」

「それが一カ月前のことなの」

と、真弓は言った。「昨日ね、その広田って男がラブホテルで殺されてるのが見付かったのよ。その時のネクタイで首を絞められててね」

2

「お待たせしました」

と、応接室へ入ってきたのは、グレーのスーツ姿の女性だった。

「どうも──あの、授業中に申し訳ありません」

と、真弓は言った。

「いいえ。私はこの時間、授業がありませんので。──おかけ下さい」

「はあ」

真弓と道田、二人とも何だかいやに固くなっている。

「あ、あの──とてもその──何というか──重厚な感じの学校ですね」

と、真弓は言った。

「いや、全く！」

と、道田が肯いて、「本当に重そうです、石造りで。地盤沈下しませんか？」

真弓は、道田を肘《ひじ》でつついた。

「ええと──堺《さかい》先生でいらっしゃいますね」

「堺今日子《きょうこ》と申します」

地味な服装で、およそ化粧っ気もないが、まだ若く見えた。たぶん三十そこそこだろう。

それに、メガネがいやに旧式なデザインだが、顔立ちは整っていて理知的な美人である。

K学園は、古い歴史を持つ、有数の名門女子校。――真弓も道田も、すっかりその雰囲気にのみ込まれてしまった格好である。

学校というだけで、反射的に「苦手！」と思い込んでしまうのかもしれない。

「それで、ご用件は？」

と、堺今日子が訊いた。

「あの――桜井久美さんというのは、先生の受け持ちの……」

「ええ、私のクラスの子です」

と、堺今日子は肯いて、「あの子が何かしました？」

「いえ、とんでもない！　あの――とても優秀なお子さんとか」

「六年生のトップです。頭もいいし、責任感、判断力、行動力、すべてにわたって、一番です。ただ――」

と言いかけて、言葉を切り、「あの子が何か？」

真弓は、ちょっとの間、言葉が出なかった。――学校時代、先生からこんな風に言われたことなんか一度だってなかったわ、と思っていたのである。

「あ、あの……。実にすばらしいお子さんのようですね」

と、やっとの思いで真弓は言った。「おめでとうございます。――道田君、帰りましょ」

「はあ……」

道田も同様に圧倒されている。

「あの――何かご用だったのでは？」

と、堺今日子が念を押したので、真弓はやっと我に返った。

「そ、そうでした」

と、立ち上がりかけたソファにまた腰を落とし、「実は一カ月ほど前のことですが

……」

と、広田肇が間違ってスクールバスに乗ってしまったことを話すと、堺今日子は肯いて、

「ええ。確かに、そんなことがありました」

と答えた。

「その時、証拠に、と言って、広田という人のネクタイをもらったということなんですけど」

「そうそう」

と、堺今日子は笑って、「面白いことを考えたもんだ、と思いましたわ」

「そのネクタイは、どうなさいました？」

「私が預かりました。いくら証拠といっても……。私に渡しながら、桜井さんが『安物ですね』と言っていましたけど、確かに、あんまり上等な物じゃなかったように記憶しています。ただ、その人にとっては大切な物かもしれないし、やはりお返しするべきだろうと思って」

「で、返したんですか？」

と、真弓が訊くと、

「いいえ」

と、堺今日子は首を振った。「申し訳なかったんですけど、その人の名刺を一緒に桜井さんから受け取りました。そこへ連絡すればいい、と思いながら……。つい後回しにしてしまって、その内、肝心の名刺をどこかへやってしまったんです。それで連絡のしようもなくて。広田さん。――そんな名でしたわね、確か」

「で、ネクタイはまだお持ちですか」

「さあ……」

と、首をかしげた堺今日子は、「戸棚に入ってると思いますけど……。でも、どうしてそんなことを調べてらっしゃるんですの?」

「その広田肇という人が、殺されたんです」

と、真弓は言った。

「まあ」

「ネクタイで首を絞められて。――そのネクタイというのが、桜井久美という子に渡した物だ、と、被害者の奥さんが話してくれまして。で、こうして伺ったわけなんです」

「どうしてそんなことが……」

と、堺今日子は当惑している様子。「犯人は捕まりましたの?」

捕まってりゃ、いちいちこんな所へ来てないわよ、と、いつもの真弓なら言ってやるところだが、やはり相手が「先生」となると、そうもいかず、

「いえ、それがまだ……。申し訳ありません」

と、謝ったりしている。

「そうですか。でも、お気の毒なことですわね」

「それで、本当にそのネクタイが使われたのかどうか、確かめようと思ってやって来たんですけど」

「分かりました」

と、堺今日子は立ち上がって、「でも、あの戸棚へ入れたきり、出していないと思うんですけれども……。捜してみますわ」

「お願いします」

真弓と道田は、堺今日子について、何となくひんやりと涼しい廊下を歩いて行った。

途中、どこへ行くのか、四、五人の女生徒がすれ違って行ったが、チラッと道田の方へ目をやって、

「男だ！」

と、囁《ささや》き合っている。

「ね、男よ」

「足が短くない？」

などとヒソヒソやっているのが聞こえて来て、道田は真っ赤になっている。

「申し訳ありません」

と、堺今日子が言った。「何しろ女子校に男の方がみえるのは、本当に珍しいものですから。失礼なことを申し上げて」

「いえ、正直なことは結構なことですわ」

と、真弓が言った。「ねえ、道田君？」

「ぼ、僕は、話題にしていただくだけで充分です」

と、道田は一種、悲壮な顔で言ったのだったが……。

「職員室はすぐ先です」

と、堺今日子が言った時、ベルが鳴った。

そして、並んだ教室の中から、ガタガタと椅子《いす》の動く音がして、数秒後には、廊下へどっと女生徒たちがくり出して来たのである。

アッという間に廊下は女の子たちで一杯になってしまった。

「道をあけて」

と、堺今日子が言うと、生徒たちは左右へサッと割れたが、ここでも道田が注目の的になってしまった。

「ワア、男の人！」

「本当！　ね、動いてる！」

「あ、瞬《まばた》きした！」

と、コアラかパンダなみの扱い。

やっと職員室に辿《たど》り着いた時、道田は、びっしょりと冷汗をかいていた。

「――お待ち下さい」

堺今日子は、スチールの戸棚を開けて、中を捜していたが、やがて首を振って、

「見当りませんね」

と言った。「ああ、桜井さん、ちょうど良かったわ」

桜井久美か、この子が。――真弓は、その少女に目をやって、そう、小学生のころには、たいていクラスに一人はこんな子がいたわ、と思った。

いかにも利発そうな、「級長タイプ」。

「先生、午後の準備ですけど」

「ええ。机の上に書いてあるから。それからね、桜井さん」

「はい」

「あなた、一カ月くらい前に、男の人のネクタイを預かって来たでしょ」

「はい」

「ここへ入れておいたんだけど、知らない？」

「知りません」

と、少女は首を振って、「——どうしたんですか?」

「なくなってるのよ。その男の人がね、殺されたんですって。こちら、警察の方なのよ。それで、あのネクタイを——。どうしたの、桜井さん?」

真弓もびっくりした。桜井久美が真っ青になって、今にも倒れるかと思ったのだ。

「死んだ……。あの人が?」

「ええ、あのネクタイで首を絞められたって……。どうしたの?」

「嘘《うそ》!」

と、桜井久美は急に顔を歪《ゆが》めると、「そんなの嘘だ!」

と叫んで、ワーッと泣き出してしまった。

堺今日子も真弓たちも、その場に立ち尽くしていた。

他の生徒たちも、何事かと職員室の中を覗《のぞ》き込んでいる。——桜井久美は、構わずに泣きじゃくるばかりだった……。

「——さあ、ゆっくり食べてね」

と、真弓が大きな皿を手に入って来る。「あなた、他のお皿を持って来て」

「ああ」

淳一も台所へ行って、「――これ、運んでいいのかい？」

「どうぞ」

道田が上衣を脱ぎ、ワイシャツの腕をまくって、大張り切りだ。「いや、今野さん」

「何だい？」

「料理って、楽しいもんですね、なかなか」

「そうだな」

と、淳一は肯いて、「しかし、電子レンジであっためるだけじゃ、あんまり料理とは言えないぜ」

「そうですか？　僕、この電子レンジのチーンという音が、大好きなんです。実にこう、胸に響いて！」

「そうかね」

――淳一は、フライドチキンを山盛りにした皿を食堂へ運んで行った。

今野家が客を迎えて夕食をごちそうするというのは、至って珍しい光景である。

テーブルについていたのは、桜井久美。そして、ちょうどもう一人、玄関から真弓が案内して来たところである。

と、少し疲れた様子で入って来たのは。真弓と同じくらいの年齢の女性だが、紺のスーツを着て、やや老《ふ》けた感じに見えた。

「さ、どうぞ、おかけ下さい」

と、真弓は椅子をすすめた。「大したものはありませんけど」

「おい」

と、この料理全部を道田と二人で買いに行かされた淳一は、やや不服げであった。

「あなたも座って。——食べましょうよ、冷《さ》めない内に」

「道田君の席がないぜ」

と、淳一が指摘した。

「あら、道田君、まだいたの?」

と、真弓は冷たく言い放ったが、「じゃ、もう一つ、椅子を持って来て」

一応、これで五人が食卓を囲むことになったのである。

「あの……」

と、口を開いたのは、紺のスーツの女性で、「あまり食欲が……」

「あら、すみません。ご紹介しないと。これ、うちのすてきな夫ですの」

と、妙な紹介をして、「それと、ご存知ですね、道田君。——こちらは、広田沙由《さゆ》利《り》さん。それと桜井久美さんね」

「ご主人は、お気の毒なことでした」

と、淳一が広田沙由利に向って言った。

「恐れ入ります」

と、広田沙由利は、ちょっと頭を下げて、「じゃ……この子が、主人のネクタイを？」

「ええ、そうなんです」

と、真弓が肯いて、「ちゃんと本当にいたんですよ」

「まあ……」

と、広田沙由利は、何とも言えない顔で、少女を眺めていた。

ポカンとしている桜井久美に、淳一が言った。

「君なら頭がいいから、分かるだろう。君がバスで広田さんという人から預かったネクタイがどういうわけか、広田さんを殺すのに使われた。——こちらの奥さんは、広田さんの話を信じていたんだが、今度の事件で、ご主人が嘘をついてたんじゃないかと思い始めたんだ」

「分かります」

と、桜井久美が言った。「ネクタイを、誰か女の人にあげたんだ、って……」

「そうなのよ」

と、広田沙由利は言った。「でも、本当だったのね。あなたが主人のネクタイを
――」

「勝手なことして、すみません」

と、桜井久美は謝った。

「いいえ、いいのよ。――主人もね、凄く面白がってたわ。今の子は、本当にしっかりしてる、って。僕よりよっぽどしっかりしてるよ、って言ってたわ」

そう言って、広田沙由利は微笑んだ。

久美が、ちょっと恥ずかしげに頰《ほお》を染めた。しかし、嬉《うれ》しそうだ。

「――さ、ゆっくり食べて下さい」

と、淳一が言った……。

言う必要のない人間もいた。道田は早くもせっせと食べ始めていたのである。

何かふっ切れたのか、広田沙由利も、ちゃんと食べ始めた。

「――でも、どうしてあんなに泣き出したの？」

と、真弓が言うと、久美はまた少し赤くなった。

「だって、凄くいい人だったんですもん」

「まあ主人が？　もし聞いたら喜んでたわ、きっと」

と、沙由利が楽しげに言った。

「でも、一度会ったきりなんでしょ？」

と、真弓が訊く。

「いいえ」

「いいえ、って……」

「あれから、ほとんど毎日でした」

と、久美は言った。

「毎日？——じゃ、広田さんは毎日、あなたのスクールバスに乗ってたの？」

「そうです。だって、こっちも駅に寄ったからって、遅刻するわけじゃないし。みんなで秘密にしていたんです」

久美の話に、沙由利も唖然《あぜん》として、

「呆《あき》れた！　あの人、『バスが一本ふえたんで、出るのが少しゆっくりでも間に合うんだ』なんて言ってたんです」

「スクールバスがふえたわけか」

と、淳一は笑って言った。

「それに、とっても楽しい人でした。色々、お話してくれたり、手品を見せてくれたり」

沙由利が、

「十円玉を隠すやつ？」

と訊いて、苦笑した。「あれしかできないのよ」

「それも、三回もしくじってから、やっとできたんです。でも、みんな大喜びでした。

——こんな大人もいるんだねって、みんな言ってました……」

「まあ」

沙由利は、ゆっくりと首を振って、「あの人が子供に好かれてるなんて。全然知らなかったわ」

「お子さんはいないんですか？」

と、久美は訊いた。

「ええ。来年あたりにほしいね、って話してたのよ。でも……もう無理になっちゃったけど」

沙由利は、ちょっと目を伏せた。

「しかし——」

と、淳一が言った。「どうしてそのネクタイが、現場にあったのかな」

「見当もつきません」

と、沙由利は言った。「あのネクタイは一本しか持っていなかったと思いますし……」

「たまたま同じネクタイが?」

と、淳一は言って、ふと気付いたように、「おい、真弓。首に巻きついていたそのネクタイの他に、広田さんがその日、しめていたはずのネクタイもあったのか?」

「そうか。——そうね。あの日は、違うネクタイをしめて行ったはずですものね」

と、真弓は言った。「でも、現場にはなかったわ。奥さんに言われるまで、あの凶器になったネクタイを、初めからしめていたと思い込んでいたんだもの」

「なるほど、そうか」

と、淳一が肯く。「すると、問題は——」

玄関のチャイムが、あわただしく鳴った。

「誰かしら」

と、真弓が立ち上がる。

「お母さんだ」

と、久美が言った。

「え？」

「あの鳴らし方。きっとそうだ」

半信半疑で、玄関へ出てみると、

「――桜井久美の母です」

と、断固たる口調。

「当り」

と、真弓は久美に言った。

ドアを開けると、かなり大柄な体型の女性が、玄関を塞《ふさ》ぐように立っていた。

「――久美。帰るのよ」

と、その母親は言った。「すぐに仕度しなさい」

「はい」

久美が、ちょっとため息混りに返事をして、奥へ入って行く。

「あの――」

と、真弓が言いかけると、

「久美の母、桜井和江《かずえ》と申します」

と、その母親は名乗った。「娘には、勝手によそのお宅へお邪魔してはいけない、と申してありますので」

「私が無理に。あの――」

「ともかく、夕食をごちそうになったようですから、代金は置いてまいります」

桜井和江は一万円札を出して、靴箱の上にのせると、「――久美！　急ぎなさい！」

と、呼びかけた。

「はい」

久美がすぐに出て来て、「ごちそうさまでした」

と、真弓に頭を下げた。

呆気に取られている真弓の目の前で、二人は大きなベンツの中へ姿を消し、アッという間に走り去ってしまったのだった……。

3

「あら」

と、堺今日子が言った。「ノートを忘れて来たみたいだわ。桜井さん」

「はい」

と、久美は立ち上がった。

「職員室の先生の机の上から、赤いノートを持って来てくれる?」

「はい」

久美は、教室を出た。

何の用であれ、授業中の教室から公然と出て行けるというのは、実にいい気分である。

その点は、久美のような優等生でも同じだった。

——つまんないな。

久美は、つい口に出して呟きそうになった。

そうなのだ。

あの広田という男、本当にどことといって取り柄のない、パッとしない男だったけれど、その点が久美にとっては新鮮そのものだったのだ。

もちろん、久美の周囲にだって、パッとしない男はいくらでもいる。久美の父親も含めて。

しかし、父親にしろ、この学校の校長にしろ、「パッとしない」ことを必死で取りつくろって、胸を張って、そっくり返っているのだ。

しかし、あの広田は違った。——広田は、自分がパッとしないことを知っていて、それなりに一生懸命だった。

あの一カ月、バスに乗って駅へ回って行く十分ほどの間、広田は、バスの中の子供たち相手に、色々と話をした。

広田は、子供が相手だからといって、決して気どらなかった。

「僕はね、奥さんにいつも感謝してるのさ」

と、広田は言ったことがある。

久美が、

「奥さんのこと、愛してる?」

と、少々ませた質問をした時のことだ。

「感謝って?」

と、他の子が訊くと、広田は、

「だってね、こんなパッとしない、出世しそうもない男と結婚してくれたんだからね。まあ、そんな人は他に二人といないよ」

と、答えた。

そんな言い方が、とても自然で、ちっともいやらしくないのだ。——ちょっとオーバーに言えば、久美は感動した。そして、こんな男の人と結婚したいな、なんて思ったりしたものだ……。

「あら、久美」

と、声をかけられて、久美は振り返った。

「お母さん」

母の桜井和江が、応接室から出て来たところだった。

「——どうしたの、授業中でしょ?」

「先生のご用」

と、久美は言い返した。「信用できないんだったら、先生に訊いてよ」

「そんなこと言ってないでしょ」

久美としては、昨日、あの面白い女刑事の家から引っ張り出されたことを、まだ怒っているのである。

「お母さんは何してるの?」

「父母会のご用よ」

「そう」

母は、父母会で副会長をやっている。ちょくちょく学校へ呼ばれて来ていることは、久美も知っていた。

「じゃ、行くよ」

と、久美は歩き出した。

「ね、久美――」

と、和江が声をかけた。

何だかいやにあわてた声だ。

「どうしたの？」

と、久美が振り向くと、

「ね、お父さんには……」

「お父さんがどうしたの？」

「今日は、お友だちのお茶の会に行くと言ってあるの。そういうことにしておいてね」

と、和江は言った。

「どうして？」

「あんまり学校の用事ばっかりで出かけるのもね。――ね、分かった？」

「いいよ」

と、久美は言った。「じゃ」

さっさと歩き出す。

勝手なんだから！　大人なんて、本当に……。

自分の都合で、子供にまで嘘をつけ、と言い出す。これで久美が何か嘘をついたら、怒るくせして。

職員室へ入った。――中は空っぽだ。

本当だと、ここへ入る時には、ちゃんと、

「失礼します」

って言わなきゃいけないのだが、言わずに入るのも、ちょっとした反抗だ。

「ええと……」

堺先生の机の上……。あ、このノートか。

その時、久美の目に入ったのは、〈行動表〉というラベルを貼《は》った大判のノートだった。

これには、各生徒の生活態度への評価が記入してある。

女子校の場合、成績以上に重要視されるのが、いわゆる「素行」。――久美も六年生である。どう評価してあるか、気になった。

もちろん、これは〈極秘〉で、中を開いて見たりしちゃいけないのだ。でも……。

久美は、職員室の中を見回した。——誰も見てない。

大丈夫。ちょっとめくって見るだけだもん。他の子のことなんか見ない。自分のことだけでいい。

もちろん、ついでに目に入る、ってことはあっても……。

ためらっている内に時間がたってしまう。見るなら早く。——パッとめくれば、それでいい……。

久美は、〈行動表〉のノートへと手をのばした。


「——取って来ました」

教室へ戻ると、久美は、赤いノートを堺今日子に渡した。

「ありがとう。すぐに分かった?」

と、堺今日子は言った。

「はい」

久美が席へ戻りかけると、

「桜井さん」

と、堺今日子が声をかけた。

「はい、先生」

「ちょっと手を見せて」

戻って行って、久美は、堺今日子の前に両手を差し出した。裏返しても見せた。

きれいなものだった。

「はい、いいわ。席に戻って」

と、堺今日子は言ったが、その口調はいやに素気ないものになっていた。

席に戻ると、久美はホッとして目をつぶった……。


「——さよなら」

スクールバスを降りて、久美は、バスにまだ乗って行く子たちに手を振った。

バスが走り去って見えなくなると、家へ向って歩き出す。

「——大丈夫だった？」

と訊いたのは、いつの間にか隣を歩いていた、今野淳一である。

「うん、ありがとう」

と、久美は言った。

「まだべとつくかい?」

「少し」

「何度もお風呂《ふろ》でよく洗うんだよ」

「はい」

と、久美は肯いた。「でも――頭に来ちゃう!」

あの〈行動表〉のノートの表紙には、一旦《いったん》手につくとそう簡単には落ちない、特殊なインクが塗ってあったのだ。ハッとした時には、もう遅かった。指先が真っ黒になって、いくらハンカチでこすっても落ちないのだ。

青くなっていると、急に淳一が現われて、美術の先生の机の中から絵具を取り出し、肌色の絵具で、指先を塗ってくれたのである。

ともかく、何とか久美は堺今日子の目をごまかすことができたのだった。

「あれは、どうやら、わざと目につくように置いてあったんだね」

と、淳一は言った。

「うん……」

久美にとってはショックだった。「あんなことする先生だなんて、思わなかった!」

「まあ落ちついて」

と、淳一は、久美の肩を軽く叩《たた》いた。「きっと何かわけがあるのさ」

「だけど……」

「いつもの通りにしてるんだよ。いいね？」

久美は肯いた。

「うん。——でも、どうして学校にいたの、おじさん？」

「僕かい？　僕は、どこにでもスッと姿を現わすことができるのさ」

「嘘だあ」

と、久美は笑った。

「じゃ、また会おう」

淳一は、道の角まで来ると、足早に立ち去った。——その足取りは、いかにも軽い。

「へえ……」

久美は広田みたいなパッとしない男もいいけど、あんなカッコいい男もいいなあ、なんて思いつつ、淳一の後ろ姿を見送っていた。

「——度々お邪魔します」

と、真弓は言った。

「何のご用ですか」

と、堺今日子は、前の時とは違って大分苛々《いらいら》した様子で言った。「忙しいんです。手短にお願いしたいんですが」

不思議なもので、相手が落ちつき払っておっとりしていると、真弓や道田も圧倒されてしまうのに、相手が高飛車に出ると、却って怖くなくなってしまうのだ。

「よく分かっています」

と、真弓は言った。「実は、警察に、ある人から情報が寄せられまして」

「情報？　どんな情報です？」

「先生の戸棚の中には、ちゃんと広田さんのネクタイが入っている、というんです」

「何ですって？」

堺今日子は、眉《まゆ》を寄せて、「馬鹿らしい！　あのネクタイは、広田さんを殺すのに使われたんでしょう？」

「もう一本のネクタイです」

「もう一本、というと……」

「殺された日、広田さんがしめていたネクタイです」

堺今日子は、応接室の中の気圧が高くなったように思えるほど、張りつめた表情で真弓と道田を見ていた。

やがて、ふっと息をつくと、

「――ご存知なんですね」

と、言った。

「あなたが広田さんと会っていたことは、分かっています」

と、真弓は言った。「広田さんの名刺を失《な》くしたというのは嘘ですね」

「すみません」

と、堺今日子は顔を伏せた。

「あなたは、あのネクタイのことを口実にして、広田さんに会った。そして……」

「でも――」

堺今日子は身をのり出すようにして、「私と広田さんの間には、何もありませんでした。本当です」

と、言った。

そして、少し肩を落として、

「私の方は……期待していました。あんな頼りない人なのに、一目で心を奪われてしまったんです。でも……」

ゆっくりとため息をついて、「広田さんは、拒みました。ただの話し相手でいいじゃないですか、と言って。――私も、それで承知しました。会えないよりは、まだましだったからです」

――堺今日子の声は、いつしか十代の少女のように、かよわく震えていた。

「では、広田さんとホテルへ入ったことは?」

「ありません。とんでもないことです」

と、堺今日子は首を振った。

「それじゃ……。すみませんが、戸棚の中を拝見できますか」

「どうぞ」

と、堺今日子は立ち上がった。

――職員室へ入ると、戸棚を開けて、

「ちゃんと捜したんです。何もないはずですわ」

と言った。

「道田君、調べて」

「はい」

道田が、戸棚の奥まで体を入れるようにして、中を探る。――しばらくして、

「真弓さん！　これが——」

と、差し出した指に、ネクタイが引っかけてあった。

「そんな！」

堺今日子がサッと青ざめた。「そんなはずが……」

「見せて」

真弓は、そのネクタイを手に取った。「あのネクタイと、よく似ているんです。でも、これはブルーの線が入っていて。——奥さんが選んだので、よく憶えていたんですよ」

「でも……」

堺今日子は呆然としている。

「凶器のネクタイは、この戸棚の中にあったもの。そして、被害者のネクタイがこの中に。——ご同行願えますか」

と、真弓が言った言葉も、堺今日子の耳には入っていないようだった。

4

久美は、ほとんど朝食に手をつけずに、立ち上がった。

「どうしたの、久美？」

と、母の和江が言った。「少しは食べないと」

「食べたくない」

と、久美は言った。「行って来る」

「バスの所まで行くわ」

と、和江が言って、エプロンを外した。

久美は、別に拒《こば》みもしなかった。

玄関を出て、スクールバスが通る道へ出る。

「変ね。もう来てもいい時間なのに」

と、和江は言った。

「遅れたっていいじゃない」

と、久美が言った。「一回も遅れないより、ずっといい」

「久美……」

「来たよ」

バスが見えた。——久美はそれきり何も言わずに、バスが停ると、さっさと乗り込んだ。

「行ってらっしゃい」

と、和江は手を振ったが……。

久美は黙って、母親に背を向けてしまったのだった。

和江は、ため息をついて家へと戻って行った。

――バスの中で、久美は涙を拭《ぬぐ》った。

下級生に涙を見せちゃいけないんだ。六年生はしっかりしなきゃ。最上級生の責任があるんだものね。

バスの中を見回して、

「おはよう――」

と言いかけた久美は、戸惑った。

バスの中は、空っぽだったのだ。

いつも、ここでは半分くらいがもう乗って来ているはずなのに。どうして……。

「おはよう」

と、声がした。

運転席のすぐ後ろに、あの女刑事が座っていた。

「おはようございます」

と、久美は歩いて行った。「あれ？　運転も？」

バスを運転しているのは、道田刑事だったのだ。

「座って」

と、真弓が言った。

「どうしたんですか？」

と、久美はキョトンとして、「他のみんなは？」

「うん。今日はね、貸し切り」

と、真弓が言った。

「貸し切り？」

「そう。あなたと、ゆっくり話したくって」

と、真弓は言った。「道田君」

「はい」

「急ぐことないわよ。のんびりドライブしてね」

「はい」

「でも……。遅刻しちゃう」

と、久美は言った。「だけど――堺先生は、もういないんだ」

真弓は、ちょっと微笑んで、

「どう？　一口飲む？」

と、紙パックのコーヒーを出した。

「うん」

久美は、すぐに肯いた。


家へ戻った和江は、あら、と思った。

玄関のドアが少し開いている。――おかしいわ。

一応、出る時には鍵《かぎ》をかけたのに。

夫は、昨日から出張で久美と二人きりだ。だから、出る時には、ちゃんと鍵をかけて……。

中へ入ると、

「――あなた？」

と、声をかけた。

もしかして、夫が早く帰って来たのかもしれないと思ったのである。

しかし、そんなわけはなかった。玄関に靴もない。

もしかすると……。でも、まさかそんなことが！

玄関へ入った和江は唖然とした。

戸棚の引出し、棚の置物、全部がぶちまけられている。——泥棒だ！

スクールバスまで送って行った、たったあれだけの時間に？

和江は、奥の部屋へ入った。そこも、荒らされている。

「二階……。二階は？」

和江は、階段を駆け上がった。

寝室へ入った和江は、洋服や下着が、一杯に散らばっているのを見て、愕然《がくぜん》とした。

洋服ダンスへ走る。——引出しの奥へ手を入れると……。

「あった！」

と、和江は息をついた。「良かった！」

「——大切なものですか」

と、声がした。

「キャッ！」

と、和江は飛び上がった。

「——お邪魔してますよ」

「あなたは……」

「ちょっと、家の中を整理していたんです」

と、淳一は言った。「何もとっちゃいませんよ」

「何ですって？」

「その大切な物を、見せていただけませんか？」

ハッとして、和江がそれを背中へ隠す。

「むだですよ」

と、淳一は言った。「それは広田さんのネクタイだ。——そうでしょう？」

「何の話です？」

和江は真っ青になった。

「わざわざ同じ新品を、堺先生の戸棚へ入れておいて、匿名の電話をする。新品って
ことはすぐに分かるのにね」

淳一は、ゆっくりと首を振った。「どうして、その本物をあの戸棚へ入れておかな
かったんです？」

和江は、力なく、その場に座り込んでしまった。

「——堺先生から広田のことを聞いて、あなたは、広田に会ってみたくなった。こっ

そり名刺を盗み見て連絡を取り、久美ちゃんの母親ということで、お話があります、と言った。向うも断われなかったでしょう」

「私は……」

「あなたも広田さんに夢中になった。しかし、やはり広田さんは、一向になびかない」

と、淳一は言った。「あなたは、広田さんが久美ちゃんにいたずらしたと、文句をつけたんじゃありませんか？」

和江は、うなだれて、

「あの人をホテルへ呼ぶには、そうでも言うしかなかったんです」

と、呟くように言った。

「広田さんはやって来た。あなたは、父母会の用で学校へ行った時、あの戸棚から持ち出して来たネクタイを見せて……」

「それで、子供を縛っていたずらしようとした、と警察へ届ける、と脅《おど》したんです。

——馬鹿でした。そんなことで、あの人の心を手に入れられるわけがないのに」

和江の声は震えた。

「それを取り返そうとする広田さんと争いになった」

「ええ……。あの人、ベッドの角に頭を打ちつけて、気を失ってしまったんです。

——私、どうしても、堺先生にあの人を渡したくなくて……」

「あのネクタイで、首を絞めた。——そして、堺先生に疑いがかかるように、広田さんがしめて来たネクタイを外《はず》して持ち去った」

「でも……。後になると、このネクタイがあの人の形見だ、という気がして……。どうしても、手もとに置いておきたかったんです」

和江は、そのネクタイを両手に固く巻きつけるようにして、顔に押し当てた。

「久美ちゃんのことを考えなさい」

と、淳一は言った。「いつか分かることだったんですよ」

和江は、力なくうなだれたままだった。

「——ご自分で警察へ行きますか」

「あの……」

「前まで送りましょう。あなた一人で入って行けばいい」

和江は、ゆっくりと肯いた。

バスは校門の前で停った。

道田は振り向いて、

「中へ入っていいですか？」

と、訊いた。

「もう、授業が始まってるわね」

と、真弓は時計を見て、言った。「どうする？」

久美は、キュッと唇をかんだ。——私は人殺しの子。母さんは人殺しなんだ！

みんな、何て言うだろう？　口をきいてくれるかしら？

「家へ帰るのなら、送るわ」

と、真弓は言った。「でも、堺先生は待ってると思うわよ」

久美は、ゆっくりと息をして、

「——行きます」

と、言った。

「偉い！」

真弓は、ポンと久美の肩を叩いた。「道田君！　前進！」

「はい」

道田も、景気よくクラクションを鳴らして、アクセルを踏んだ……。

——でも、教室の前まで来ると、やはり久美の足は重くなった。

もう、みんな知ってるんだろうか？　どんな顔をして入って行けばいいんだろう……。

だが、その久美の目の前で、教室の扉が開いた。

「来たわね、桜井さん」

と、堺今日子が言った。「遅刻よ」

「はい」

「じゃ、席について」

久美は、おずおずと入って行った。

みんなが見ている。――みんなが。

「おはよう」

と、一人が言った。

「おはよう……」

と、久美が答えると、

「おはよう！」

「おはよう」

と、みんなが次々に声をかけた。

久美は、胸が熱くなった。――来て良かったんだ。

席についた久美に堺今日子が言った。

「先生も、あなたに、とてもずるいことをしたわ。――先生も人間なの。あなたのお母さんが人間であるようにね。ごめんなさい」

と、頭を下げる。

「いいんです」

と、久美は言った。「先生もやきもちやくんだな、と思うと、面白いです」

クラスのみんなが笑った。

堺今日子も、笑いながら、

「じゃ、勉強、勉強！」

と、手を打った……。


「気丈な子ね」

と、真弓は言った。「ほら手紙よ、あの子から」

「ふーん。うまい字だな。お前の字の方が、よっぽど子供みたいだぜ」

と、居間のソファに寛《くつろ》いで、淳一は言った。

「そう？　いつも課長は賞《ほ》めてくれるわよ。若々しさのある、ユニークな字だって」

「賞めてるんじゃなくて、皮肉だろ、そいつは」

「私も気になって、訊いたの」

「訊いた？」

「賞めてるのか、けなしてるのか、って」

「拳銃をつきつけて？」

「まさか。――素直に、よ。でも課長は、もちろん賞めてるんだって」

「なるほど」

「あなたも、そう思うでしょ？」

ぐい、と真弓の顔が近付いて来る。

とても否定することのできない迫力があった。

「もちろん思うさ」

と、淳一は言った。

――嘘《い》つきは泥棒の始まり、なんて言葉を、そのとき淳一は思い出していたのである……。

明日に架けた吊橋

1

「あら」

真弓は夫の今野淳一が、上衣を着て居間へ入って来るのを見て、「そんな格好で寝るの？」

と、訊《き》いた。

「いや、これから出かけるんだ」

淳一の返事は、当然予想されたものであった。「仕事の打合せでな」

「こんな時間に？」

「仕方ないさ。何しろ朝九時始業、夕方五時でおしまい、って泥棒はいないだろうからな」

　言葉通り、淳一の職業は泥棒である。もっとも妻の真弓の方も、普通のサラリーマン並の、「時間通り」の仕事というわけではない。

　事件が起きれば、夜中でもすっ飛んで行かなくちゃいけない、刑事だからである。

「私、疲れて帰って来たのよ」

　と、真弓はネグリジェ姿で、淳一の前に立った。

「分かってる。早くベッドに入って寝た方がいいぜ」

「たかぶった神経を休めてくれるのは、夫の役目じゃないの」

　と、真弓がぐっと迫って来る。

「気持は分かるぜ、だけどな――」

　淳一は思わずのけぞりながら、「泥棒ってのは時間に正確でなきゃいけないんだ。もう出ないと約束の時間に――」

「間に合うわよ」

「いや、やっぱりもう出かけないと……」

「絶対に間に合う！　何なら私の体を賭《か》けてもいいわ」

　と、真弓がさっさとネグリジェを脱いでしまう。

淳一はため息をついた。――車が途中でパンクして、とでも言いわけするか……。

「――あと何分?」

と、真弓は訊いた。

「五分だ」

「ね、充分間に合うでしょ」

と、真弓は言った。「道田君、事故を起さないようにね」

「任せて下さい!」

ハンドルを握る道田刑事は、真弓の部下である。人妻である真弓にすっかり惚《ほ》れ込んでしまっているので、こんな無茶を平気でやっているが……。

「ほら、あれでしょ、Fホテル。ちゃんと間に合ったわよ」

「分かった。頼むからサイレンを止めてくれ。打合せの相手がびっくりする」

何しろ、淳一が約束の時間に間に合うように、真弓は道田に、覆面パトカーで家に来いと呼びつけてしまったのである。

泥棒がパトカーに乗って、仕事の打合せに行くってのも、前代未聞の話だろうな、と淳一は思ったのだった。

サイレンを止め、スピードも落として、車はFホテルの前についた。

「はい、お待ち遠さま」

と、真弓はニッコリ笑って、「行ってらっしゃい、あなた」

チュッと淳一の頰《ほお》にキスする。

「料金はいくらだ？」

と、淳一は訊いたのだった。

すると――パトカーの無線が鳴った。

「何だろう？――はい、こちらは道田」

「どこへ行っとるんだ？」

と、捜査一課長の不機嫌な声が飛び出して来た。

「あ、あの――聞き込み捜査です。Fホテルの前に今――」

「Fホテルだと？」

「はあ」

「それならちょうどいい。Fホテルのスイートルームで、大山仙造《おおやませんぞう》という男が殺されたという連絡が入った。すぐ行け」

「はい！」

真弓と道田は顔を見合わせた。

「——さすが、真弓さんの勘は凄《すご》いですねえ」

道田は、真弓のことなら、何でも感激するのである。

「そ、そうね。やっぱり長年の経験から来る予感ってものがあったんだわ」

と、真弓は言ってのけ、「——あなた、まだ行かないの？　約束の時間になっちゃうわよ」

「そう急ぐこともなくなった」

と、淳一は肩をすくめた。

「そう……」

「じゃ、ともかくしっかりやれよ」

淳一が、のんびりとホテルの玄関へ歩いて行く。

「いつ見ても格好いいですね、真弓さんのご主人」

道田は、淳一の後ろ姿をうっとりと眺めている。「いつか、僕もああいう男になりたい！」

刑事が泥棒みたいになったら大変だわ、と真弓は思ったりしていた……。

「ともかく、行きましょ」

真弓は、道田を促して車を出た。

フロントの辺りで、何やら騒ぎになっている。どうやら、あれらしい。

「失礼」

と、真弓が声をかける。「責任者の方は？」

「何か？」

と、頭の禿《は》げた男が仏頂面《ぶっちょうづら》で、真弓と道田をジロッと見ると、「ここはラブホテルじゃない。学生はもっと安い所へ行け」

真弓は、ちょっと眉《まゆ》を上げ、

「あ、そう」

と、警察手帳を見せた。「これでも？」

相手が飛び上がらんばかりにびっくりして、へへーっと平伏――まではしなかったが。

「こ、これは失礼！　いや、実にお若くお美しいので、てっきり学生さんと思いまして……」

「いいのよ、言いわけは。どうせね、お金がないように見えたんでしょ。刑事の仕事は、苦労の多い割に安月給ですからね」

「いえいえ……。あの、しかしまた早いお着きで、たった今、連絡を入れたばかりでございますが」

「出前迅速がモットーよ」

と、真弓はそば屋みたいなことを言い出した。「現場はスイートルームですって？」

「はい！　ただいまご案内いたします」

「ねえ、あんたの名前、聞いてないわ」

「失礼いたしました！　当ホテルの支配人、守屋《もりや》と申します」

「守屋さんね」

真弓は肯《うなず》くと、道田の方へわざとらしく目配せし、「ちゃんとメモしとくのよ」

「間違いなく」

と、道田もしっかり肯いて手帳にメモしている。

守屋は、引きつった笑顔を見せて、

「あ、あの——後ほど、お夜食など召し上がってはいかがでしょう？　大変な激務でいらっしゃいますし……」

「でも、高いんでしょ、こんなホテル。とても刑事のお給料じゃね」

「いいえ！　それぐらいのサービスはさせていただきます！」

「そう。——ま、考えとくわ。それより、現場、現場」

「こちらのエレベーターでどうぞ！」

と、守屋が先に立って、急いで歩き出した……。


さて、真弓と別れた淳一の方は、一足先に問題のスイートルームへとやって来ていた。淳一が会うことになっていた相手が、当の大山仙造だったのである。

スイートルームのドアの前には、ホテルのボーイが、不安げな顔で立っている。大方、警察が来るまで、ここで見張っていろと言われているのだろう。

「おい」

と、淳一は声をかけた。「下で呼んでるぜ」

「は？」

「すぐ来いって」

「は――でも、ここを動くな、って言われてるんです」

「分かってる。俺《おれ》はホテルの探偵だ。後は任せろ」

「は、はい！」

ボーイはホッとしたように、「じゃ、これがキーです。よろしく」

と、さっさと行ってしまう。

「ご苦労さん」

淳一は、ボーイの姿が見えなくなると、スイートルームの中へ入って行った。

なかなか結構な部屋だな、と淳一は思った。一泊十万じゃきくまい。

リビングルームになった部屋のソファに、男が倒れていた。――これが話し相手になるはずだった、大山仙造らしい。

五十代の半ばぐらいか、なかなか押出しの立派な紳士である。部屋着の胸に、赤く血が広がっている。銃で撃たれたらしく、弾丸の跡が――。

「おい」

と、淳一は言った。「隠れてないで、出といで」

コトッ、と音がした。

洋服ダンスの戸が開いて、恐る恐る顔を覗《のぞ》かせたのは――。

「何やってるんだ、そんな所で?」

と、淳一はその娘に言った。「隠れんぼか?」

「私……大山さんの秘書なの」

と、やっと二十歳そこそことという感じのその娘は、まだ真っ青になっている。

「ずっと、そこに隠れてたのか」

「だって……。怖くて怖くて。もしかして私まで——」

「待て。俺は今夜、大山って男と会うことになってたんだ。ところが、当の大山が殺された。すぐに警察が来る。大山の用事が何だったのか、知ってるか?」

「さあ」

と、首をかしげている。

「しょうがないな」

淳一はため息をついた。「秘書のくせに、何も知らないのか」

「私、仕事のことは全然知らないの」

そう言われて、やっと淳一も気が付いた。——全体にふっくらして、丸っこいが、こういう娘が好みという男もいるだろう。つまりこの娘、大山仙造の「恋人」だったわけだ。

「犯人を見たか?」

「いいえ……。声だけ。それと銃声がして——。怖かった!」

「おい、失神するなよ」

と、淳一は言った。

もう真弓がやって来るだろう。——淳一はその娘が手にしているファイルのようなものに目を止めた。

「それは？」

「あ——これ、大山さんが、私に持ってろって。それで、この中へ隠れてろって私を押し込んだの」

「なるほど」

淳一は肯くと、「分かった。そのファイルを渡してくれ。きっと、俺との仕事の話が、その中に書いてあるんだと思う」

「いやよ！」

と、娘はそのファイルを、まるで子供がぬいぐるみを抱くみたいに抱きしめたのだ。

「いや、って……。どうしてだ？」

「大山さんが言ったの。『それがお前の財産になるからな』って。きっと私に宝石か何か残してくれたんだもん。私のこと、騙《だま》して取り上げようったってそうはいかないからね！」

淳一はため息をついた。

「なあいいか、もうすぐ警察が来る。そうしたら、いくら頑張ったって、そのファイルを取り上げられちまうぞ」

「いいもん」

と、娘はいきなり、着ていたポロシャツをまくり上げた。おへそが見える。

淳一が目を丸くしていると、そのシャツの下へファイルを入れ、シャツをまた下ろしてしまった。

「これでどう？　無理に服脱がせたりしないでしょ」

やれやれ……。世話のやけることだ。

ドアの鍵《かぎ》が開く音がした。

「来たぞ。警察だ」

「いやだ！　私、逃げる。――裏口はどこ？」

「ホテルの部屋に裏口なんかないよ」

淳一は、この強情な娘のことが何となく面白くなって来た。「――よし、こっちへ来て、ドアのかげに隠れろ」

「え？」

「早くしろ！」

――真弓が、支配人に案内されて、入って来る。

「死体が発見されたのは、この部屋でして……」

「どこにも手をつけていないでしょうね」

と、真弓が言っているのが聞こえた。

「はい、それはもう」

「道田君、他の部屋も全部チェックして。どこかに犯人が潜んでる可能性も――」

その時、部屋の明りが全部消えて、真っ暗になった。

2

「惜しかったわ」

家に帰って来た真弓は、まだ悔しがっていた。「ほんの何センチかのところを、犯人がかすめて行ったのよ！　あと二、三秒早く、明りが点《つ》けば……」

「そりゃ残念だったな」

と、淳一はソファで新聞を広げている。「すると、どんな奴《やつ》だったか、全く分からなかったんだな」

「そう。――でもね、『悪の匂《にお》い』をかぎ取ったわ」

「悪の匂い？」

「そう！　気配というか……。間違いなく、あれは人殺しも平然とやる人間よ」

「そうか……。ま、ところで、今ちょうど客が――」

と、淳一が言いかけると、

「あの――」

と、声がした。「このタオル、借りちゃったけど」

――大山仙造の「秘書」が、バスタオル一つ体に巻きつけて、湯上りで顔を赤くほてらせながら、立っている。

「あれ、なあに？」

と、真弓は啞然《あぜん》として眺めていた。

「うん……。ま、『秘書』とかってもんだ」

「そう。――あれが新しい事務服なの？」

娘は、あのファイルを、しっかりと両手にかかえていたのである……。

――この後、真弓を納得させるまでに、多少のごたごたがあったのは当然のことであろう。しかし、幸い（？）発砲にまで至らなかったのは、その娘が、そういう格好をしていると、いかにも子供っぽくて、あんまり色っぽく見えなかったせいかもしれない。

「――私、三原千恵子《みはらちえこ》です」

と、その娘は頭を下げた（もちろん、ちゃんと服を着ていた）。

「じゃ、大山仙造さんについて、東京へ？」

と、真弓が訊く。

「ええ。私、東京は初めてだし、ディズニーランドにも連れてってくれる、っていうんで喜んで……。でも、まさかねえ……。あんなことになるなんて」

三原千恵子という娘、何だか事態がピンと来ていない様子だった。

「あなた、いくつ？」

と、真弓が訊く。

「十八です」

「十八……」

真弓は一瞬、絶句した。——やはり十代という「若さ」は、真弓にもショックなのである……。

「そのファイルを見せてくれるかい？」

と淳一が言うと、三原千恵子は、

「ちゃんと返してね」

と、まだ完全に信用し切っていない様子である。

「分かってるよ」

淳一は苦笑しながら、そのファイルを受け取って、めくって見た。

「何なの？」

と、真弓が覗き込む。

「橋だ」

「橋？」

確かに、ファイルされた図面は、吊橋《つりばし》の図だった。

「そんなものが、どうして大切なのかしら？」

「これは、橋の計画書らしいな」

「ええ」

と、千恵子が肯く。「大山さんは、島に橋を架けるために、駆け回ってたんです」

「島？」

「私たちの住んでるS島です」

「あんまり聞かないわね」

「小さい島ですもの。だけど、吊橋を大山さんが架けてから、島の生活は凄く便利になったんです」

「じゃ、もう橋は架かってるのかい？」

「はい。二カ月前から」

淳一は、ちょっと考え込んだ。

「すると、今さらこの計画書を持って上京して来て、何をするつもりだったんだろう？」

「もう一つ、架けようっていうんじゃないの？　あなたに手伝わせて」

「どうして俺がそんなことを手伝うんだ？」

「高い所は得意でしょ」

「よせよ」

と、淳一は苦笑した。「——ともかく、大山がこれをこの子に持たせて、隠れさせたっていうのは、何か殺される理由があったってことだな、この中に」

「調べてみた方が良さそうね」

「うむ……。なあ、君はどう思う？」

と、淳一は千恵子に、やさしく訊いた。「誰《だれ》か、大山さんを恨んでた人は？」

「ええ、います」

と、千恵子は肯いた。「島の人は、たいてい大山さんに感謝してます。でも、連絡船の佐伯《さえき》さんは……」

「連絡船か。――つまり、橋ができて連絡船はいらなくなった、ってわけだな」

「そうなんです」

「すると、佐伯って男が大山を恨んでいた、と」

「でも、わざわざ東京まで来て、射殺する？」

「誰かを雇ったのかもしれないな」

と、淳一は言った。「しかし、今さら大山を殺しても、橋がなくなるわけじゃないのにな」

「それもそうね」

ただ恨みだけで殺す、ということもないではないだろうが……。どうも、淳一には今一つ、納得できなかった。

「ところで、大山さんは何のために東京へ来たんだい？」

「よく知りません」

と、千恵子は首を振った。「誰かに会いに来たんだと思います」

「あなたのことじゃないの？」

と、真弓は言った。

もちろん、淳一にも用があったのだろう。

しかし、その前に殺されてしまったということは、単に淳一に会わせないためだったとは思えない。

「私、思い出した！」

と、突然千恵子が言った。

「本当？」

「ええ。一度、大山さんがお風呂に入ってる時に……。私が先に入って、大山さんが後から入ったんです。その時、電話がかかって来て、私が出たの」

「相手は？」

「大学の人だった」

「大学？」

「先生よ、きっと。偉そうなしゃべり方してたから」

「ふーん。何ていう名だった？」

「知らない」

「大学の名前は？」

「忘れちゃった」

——真弓は、頭をかかえた。千恵子は不思議そうに、

「東京の大学って、一つじゃないの？」

「一つ？」

「東京大学だけかと思った」

「まさか。——ね、何か思い出せない？　その先生の名前」

「ええとねえ……」

と、千恵子は眉間《みけん》にしわなど寄せて考え込んでいる。

こんな時ながら、真弓は、こういう顔すると、この子、なかなか可愛《かわい》いわ、なんて考えていた。

「うん！」

と、千恵子がしっかり肯く。「やっぱり忘れちゃったわ」

真弓は、今の若い子を見かけで「判断」してはいけないのだ、とつくづく思ったのだった。

「——おい、そうがっかりすることもないぜ」

と、淳一がファイルをめくりながら、言った。「この図面の隅に、設計した人間の名前が出てる。もしかしたら、こいつじゃないのか」

「誰ですって？」

「——町田《まちだ》教授。Ｋ工業大学」

「あ！　その人、その人！」

と、突然、千恵子が甲高《かんだか》い声を上げてピョンピョン飛びはねたので、淳一も真弓も唖然とした。

「ずるい！　知ってて隠しとくなんて」

と、淳一の肩をチョイとつついて、「おじさん、ずるいわよ！」

「す、すまんね……」

淳一も、すっかりのまれている。

「じゃ、その町田って人の所へ行ってみるわ」

と、真弓は汗を拭《ぬぐ》って、「そのファイル、持って行った方がいいわね」

「だめ！」

と、千恵子が凄い勢いで淳一の手からファイルを引ったくった。「これは私の財産なんですからね！」

「あのね……これは殺人事件の捜査なの」

「信用できない！　お巡りさんが正義の味方って保証はどこにもないでしょ」

そう言われると、真弓もぐっと詰った。

「ともかく――」

と、三原千恵子は高らかに宣言した。「このファイルは、寝る時も決して手放しません！」

「じゃ、一緒に持っていくしかないんじゃないか？」

と、淳一が笑いながら言った。「今夜はもう遅い。ともかく寝ちゃどうだ」

「はい。――じゃ、失礼して、その辺のソファでやすませていただきます」

ちょっと居間を出て行ったと思うと、ちゃんと持って来ておいたらしい毛布を手にまた入って来て、空いたソファに横になると毛布をかぶった。もちろん、ファイルはしっかり抱いたままである。

「――おやすみなさい。明り、ついてても平気です」

「あ、そう……」

「それから――」

と、ムックリと起き上がって、淳一の方へ、「色仕掛で、このファイルを盗もうとしてもだめですよ」

と言うと、パタッと頭を落とし、

「おやすみ……」

低い声でそう言うと、呆気《あっけ》にとられて眺めている二人の前で、一分とたたない内に、スー、スーと寝息をたて始めた。

「あなた」

と、真弓が言った。

「何だ?」

「年齢《とし》を感じない?」

「うむ……。そろそろ老後のことを考えた方がいいかもしれねえな」

淳一も、半ば真面目《まじめ》に答えたのだった。

——そこで、というわけでもないが、真弓と淳一は、寝室でじっくり話し合うことにしたのだが……。

「——あの娘のことを、少し調べた方がいいんじゃないか」

と、淳一は言い出した。

「もちろん調べるわよ。あんな年齢《とし》で、大山仙造の彼女なんて、やっぱり普通じゃないわ」

「いや……。どうかな」

「どうかなって？」

「こっちは勝手にそう思ってるが、あの子、本当に、ただ秘書としてついて来ただけかもしれないぜ」

「まさか」

「あの子に限って、そんな言葉は通用しないさ」

と、淳一は笑って言った。「その連絡船の船長ってのを、よく調べてみるんだな」

「佐伯っていったわね。そいつが東京へでも出て来てりゃ、話は簡単」

と、真弓は肯いて、「後はガチャッと手錠が鳴るだけよ」

「まあ、落ちつけよ。——あの子みたいに、平和に眠れるってのは、いいもんだろうな」

「そうねえ……。私にもあんなころがあったんだわ」

今も大して変らないぜ、と言いかけて、淳一はやめておいた。

もう一つ、淳一には考えていることがあったのだ。

三原千恵子には悪いが、ファイルの中のメモを一枚、淳一はいただいておいたのである。

それは淳一自身のことを書いたメモだったのだから、もらっておいても悪くはないだろうと思ったのだ。

しかし——なぜ、大山は淳一に仕事を頼む気になどなったのだろう？

3

「これ、全部大学？」

と、キャンパスの中を歩きながら、千恵子はアングリと口をあけ、「——広い！

ねえ、真弓さん」

「なあに？」

「どこか、隅っこの方の空いてる所に家たてちゃえば、分からないんじゃないかしら」

「まさか」

と、真弓は苦笑いした。

「しかし、確かに広いですねえ」

と、言ったのは道田である。「僕の大学は、こんなに大きくなかった。もっと広かったら、人物も大きくなったかもしれないのに……」

「ええ？　刑事さん、大学に行ってるの？」

と、千恵子が本心からびっくりした様子で言った。

「え？――そりゃまあ、かつてね」

「凄い！　全然大学出なんかに見えなかったから」

「そうかい……」

道田が、目をパチクリさせている。

「でも、よく見ると、やっぱり目が違うなあ」

「目が？」

「うん、知性の輝きがある」

真弓と道田は揃《そろ》ってひっくり返るところだった……。

――やっと捜し当てた町田教授の部屋は、重そうな本で壁が埋っていた。

「よく床が抜けませんね」

と、千恵子が妙なことに感心している。

「――お待たせした」

と、入って来た町田教授は、ずんぐりした色の浅黒い男だった。

さっきの千恵子の表現を借りると、目にはあんまり知性の輝きは感じられなかった。

「何のご用かな」

町田は息をついて、ドカッと椅子《いす》に腰をおろすと、秘書の女性に、「おい、冷たいお茶」

と、言いつけた。

千恵子と違って、こっちは本物の秘書である。もう五十ぐらいかと思える、超ベテランらしい。

「全く、会議の多いところでね、大学ってやつは」

と、町田は顔をしかめる。

「あの——先生はS島の吊橋の設計をされましたね」

「S島？　ああ、そう。やったね」

と、町田は肯いた。「さして大きな仕事じゃなかったが」

「あんな大きな橋が？」

と、千恵子が言った。

真弓は、千恵子をちょっとつついて、

「あの——大山仙造という人をご存知ですか」

「そのS島の橋のことで、何度か会ったな。大山がどうかしたかね」

「殺されたんです」

町田は、ちょっと眉を上げて、

「ほう、気の毒に」

と言っただけだった。

「あの――ゆうべ大山さんは、こっちのホテルに泊っていたんです。電話をされませんでしたか？」

と、真弓が訊く。

「ゆうべ……。ああ、そういえば」

と、町田が肯く。「伝言があったのでね、電話をくれ、と」

「大山さんのご用件は何でしたか」

「いや……。別にどうってことじゃないね」

と、町田は肩をすくめた。

「というと、どういうご用件で？」

「要するに、旧交を温めたいという、そういうことだ」

と、町田は言った。「どこかで一杯やらんかと言うので、こっちは忙しいから、また電話してくれ、と言っておいた」

「他に何か話はありませんでしたか？」

「別になかったね。どうしてかね？」

「いえ――大山さんが殺された事件の手がかりを捜しているわけでして」

「それなら、よそを当ってくれ。私はあの橋が完成してから、大山には会ったこともない」

「そうですか」

と、真弓は肯いて、「大山さんは上京して来たわけを、何か話していませんでしたか?」

「知らんね」

と、町田は少し苛々《いらいら》している様子で、「次の講義の仕度があるんだ。もう引き取ってくれんかね」

「どうも失礼しました」

真弓は道田と千恵子の方を促して、「じゃ、失礼するわよ」

と、立ち上がった。

「ええ?　でも――」

と、千恵子は不服そうだったが、それでも渋々立ち上がった。

「待て」

と、町田が言った。「その女の子は?」

「ああ、三原千恵子さんです。——大山さんの秘書だったんです」

「秘書？」

町田の目は、千恵子の抱きかかえているファイルに向いていた。

「ええ、先生からの電話を取ったのも、この人です」

「ああ、そうだったか」

町田は、上《うわ》の空という様子で、「その——君の持っているファイルは？」

「これ、大山さんから預かったんです」

と、千恵子は言った。

「もしかして、それは……」

「先生の設計した、吊橋のファイルです」

と、真弓が言うと、町田の顔が紅潮した。

「やっぱりか！　いや、どこかで見たことがある、という気がしていたんだ。君……それを持っていても仕方あるまい。置いて行きなさい」

「とんでもない」

と、千恵子はムッとした様子で、「これは大山さんが私にくれたんです」

「君に？——しかし、君が持っていたって、何にもなるまい」

「そうなんだよ」

出まかせも、ここまであからさまだと大したもんだ、と真弓は感心した。

「いや……。そう、大山さんはね、それを私に渡したいと言ったんだ。そうなんだよ」

と、千恵子は動じない。

「そんなことないです」

「さっきの話と全然違うでしょ」

と、千恵子にやられて、今度は町田がムッとした。

「いいかね、私が作った吊橋だよ。その図面は、いわば私のものだ」

「ご自分のものなら、図面ぐらいもう一部持ってるでしょ」

千恵子も、なかなかやるのである。「帰りましょ、真弓さん」

「そうね」

町田の部屋を出ようとして、千恵子はふと振り向くと、

「一つ、訊きたいんですけど、先生」

「何だ?」

「この棚の本、全部びっちり詰ってますけど、出したこと、あるんですか?」

返事を待たず、千恵子たちは町田の部屋を後にしたのだった……。

「乾杯！」

と、真弓が言った。「私、大いに気に入っちゃったわ、あなたのこと」

「ありがとう」

と、千恵子は言った。「私も、初めは色々失礼なこと言って、ごめんなさい」

「いいさ」

と、淳一は笑って、「この人はすぐ誤解もするが、すぐに笑って忘れるんだ」

「それ、ほめてるの？」

と、真弓が笑った。「――さ、何でも食べてね」

「はい」

レストランに来ていた。もちろん、淳一、真弓、そして三原千恵子の三人である。

こんな時、道田はたいてい外されてしまう運命だった。

「じゃ、ちょっと行って来ます」

と、千恵子が立ち上がる。

「どうぞ」

真弓が、「何でも食べて」と言うのも当然で、ここはバイキング形式のレストランなのである。

「おい」

と、淳一が言った。「持って行かないのかい?」

千恵子が、あのファイルを椅子に置いていたのだ。

「ええ」

と、千恵子は笑って、「真弓さんたちは信じられます」

「嬉《うれ》しいことを言ってくれるね」

——淳一は、千恵子が張り切って料理を取りに行くのを見送って、「泥棒が、人に信用されるってのも、なんだか複雑だぜ」

「でも、本当にいい子ね」

と、真弓は首を振って、「運命の娘だわ……」

「何だ、急に昼メロのサブタイトルみたいなことを言い出して」

「あら、私、言わなかった? 千恵子さんはね、本当は大山仙造の娘なんだって」

「何だって?」

「他の女性に産ませた子で、当人も、それは知らないみたい」

「どうして、お前がそれを知ってるんだ?」

「調べてもらったのよ。S島の警察の人に」

「なるほど」

と、淳一は肯いて、「それで大山があの子を東京へ連れて来たのか」

「千恵子さんもびっくりしたでしょうね。母親が大分前に亡くなって、一人だったのを、大山さんが雇ってたらしいわ。でも、ろくに仕事のできない秘書だったわけね」

「そうか……。すると、このファイルをあの娘に持たせたっていうのも、ただ預けたんじゃなさそうだな」

「たぶんね」

と、真弓が肯いて、「だから、大山さんの娘だってことが立証できたら、あの子は大変な財産を――どうしたの？」

真弓が訊いた。

淳一が鋭い目で、誰かの動きを追っていたからだ。

「――いや、今、誰か男が一人、レストランを出て行ったんだ」

「そりゃ、出て行く人ぐらいいるでしょ」

「今の動きが気になる。逃げるような足取りだった」

と、淳一は言って、「――おい、いやに戻って来るのが遅くないか」

「沢山《たくさん》取ってるんじゃない？――あら、何かしら」

キャーッ、と叫び声が上がる。淳一はパッと立ち上がると、

「ファイルを持ってろ！」

と、真弓に言って、駆けて行った。

真弓は面食らって、ファイルをかかえ、淳一の後を追った。

人が集まっているのを割って入ると、淳一が、倒れた千恵子の傍《そば》にかがみ込んでいる。

「どうしたの？」

「刺されてる。——救急車だ」

「分かったわ！」

真弓は、レストランの入口へと走った。

「畜生……」

淳一は必死で、何とか出血を止めようと頑張っていた。

こんなことになるとは！　油断していた。

「——すぐ救急車が来るわ」

と、真弓が戻って来る。「どう？」

「やれるだけのことはやったが……」

「でも一体誰がこんなひどいことを」

真弓も、やっと怒りがこみ上げて来たようで、「許せない！　射殺してやるわ」

と、いつもの口ぐせが出た。

淳一は、真弓のかかえていたファイルを手に取ると、

「どうやら、こいつが鍵らしいな」

と、言った。

「その図面が？——宝の場所でも書いてあるの？」

「いや、たぶんそんなことじゃあるまい」

と、淳一は首を振った。「この吊橋。——たぶん、それに何かあるんだ」

「それじゃ……」

「出張するしかなさそうだな」

と、淳一は言った。「その前に、この図面を誰かに見てもらう必要がありそうだ」

4

「美しいですねえ、真弓さん！」

と、道田がため息をついた。

「道田君」

と、真弓が冷ややかに、「私たちはね、捜査に来てるのよ。見物に来たんじゃないの。それを忘れないでね」

「はい」

道田がシュンとして、ハンドルを握り直す。

「これがあの吊橋ね」

と、真弓は言った。

「うん、そうだな」

と、淳一は図面を広げて、「――なるほど、図面で見るとよく分からないけど、実物は大したもんだな」

――すばらしく晴れ上がった瀬戸内海。

その中の小さな島、S島へ渡る吊橋は、確かに、いささか島の小ささに比べて、立派すぎるようにも見えた。

「――でも、良かったわ、あの娘が助かって」

と、真弓が言った。

千恵子は、重傷ながら命を取り止め、今、警官の監視付きで、入院している。

犯人の姿は全く見ていない、ということだったが、意識が戻ると、早速元気だけは元の通りで、

「凄い！　お巡りさんがついてるなんて、ＶＩＰ！　写真とってもらおうかな。こんなこと二度とないから」

と、はしゃいでいた。

淳一もホッとしていた。あの娘を死なせるようなことがあっては、大山仙造に対して何だか申し訳ない、という気がしたのである。

道田の運転する車は、アッという間に吊橋を渡り終えた。

島へ入ると、あちこちに旅館やホテルの建築現場が目立った。小さな町なのに、やたらと目まぐるしいほどの変りようである。

——町の警察署を訪ねると、千恵子のことで、真弓の問い合せに答えてくれた、初老の警察署長、水田《みずた》が快く三人を迎えてくれた。

「——まあどうぞ」

と、水田は、三人にお茶など出して、「いや、千恵子が刺されたと聞いて、びっくりしました」

「もう大分元気ですわ」

と、真弓が言った。

「そうでなきゃ。——いや、なかなか、はねっ返りだが、気のいい子です」

と、水田は言った。

「犯人を見付けるのに、大山さんの持っていた、あの吊橋の図面が手がかりになりそうなので……。こうしてうかがったんです」

「そうですか」

と、水田は肯いて、「まあ確かに、あの橋のおかげで、この島も変りました。生活も便利になったし、若者も島に残るようになった。それどころか、都会から帰って来る若者もふえとりますよ」

「なるほど」

と、淳一は肯いて、「大山さんは、ここでは尊敬されていた、というわけですね」

「まあ、大した男でしたね」

と、水田は肯いて、「もちろん、そういう人間は、あれこれ言われることもありますがね」

「佐伯という人をご存知ですか」

と、真弓は言った。

「佐伯ですか。もちろん。こんな小さな島です。知らん人間などいませんよ」

と、水田は笑った。

「連絡船をやっていたとか」

「ええ。――吊橋ができるというので、大分くさってました。廃業せにゃいけませんからな」

「今は何をしているんですか？」

「さて……。旅館に何やら品物を納めるとかで、あんまり町では見かけませんね」

「じゃ、東京へも？」

「もちろん、何度も出ているようです」

と、水田は言って、「佐伯が、どうかしましたか」

「いえ……。ちょっと会いたいんですけど」

「さて、今はいるのかな。町の中央通りの外れに、〈佐伯商事〉という小さな事務所を構えていますよ」

「そうですか。――佐伯って人は、大山さんとは当然、仲良くなかったんでしょうね」

「ええ、大山さんはああいうタイプの男とは一番合わんでしょうからな。しかし、正面切って、けんかしたことはないでしょう」

水田は、おっとりと言って、「どうです？　二、三日ゆっくりして行かれたら」

と、ニッコリ笑った。

淳一は、真弓が目を開くのを見て、

「起こしたか」

と、言った。「悪かった。泥棒が気配で人を起こしちゃまずいな」

「どこかへ行ってたの？」

と、真弓は、布団に起き上がった。

S島の旅館に、三人で泊っているのである。

夜になると、ただ波の音だけが聞こえて来る。

「ちょっと散歩さ」

と、淳一は言った。「〈佐伯商事〉までな」

「こんな時間に？」

「忍び込むのは、こんな時間が向いてるさ」

「あら、それじゃ——」

真弓は明りを点けて、「何か見つかったの？」

「空気がな」

「空気？」

「戸棚も空っぽ同然、帳簿の類《たぐい》もほとんどない。真面目な商売をやっているとは、とても見えないな」

「怪しいわね」

「うむ」

と、淳一は肯いて、「しかし、大山を殺したり、あの娘を殺そうとする理由は分からないな」

「今、どこにいるかが問題ね」

「そうだな。——ま、朝になったら、当ってみよう」

と、淳一は言って、「ゆかた姿も、なかなかいいぞ」

と、ニヤリと笑った……。

「そうでしょ？」

真弓は、すっかり目が覚めてしまった様子で、淳一の方へにじり寄って来る。

「おいおい」

と、淳一は目をパチクリさせて、「隣の部屋にゃ、道田君がいるんだぜ」

「いないわよ」

「いない？」

「反対の端の部屋へ移らせたの」

「いつの間に？」

「お風呂へ行ってる間に。全部運ばせちゃった」

淳一は呆《あき》れて、

「道田君もびっくりしたろうな」

「大丈夫。刑事はね、何事にもびっくりしない訓練をしなきゃいけないの」

淳一は苦笑した。

「しかしな、今夜はやめといた方がいいと思うぜ」

「どうして？」

「ちょうど俺が出て来る時、車が表に停《と》まった。——佐伯ってのが、帰って来たらしいんだ」

「でも、どうせ寝てるでしょ」

「それはどうかな」

淳一は首を振った。「いいか、大山と千恵子の二人を殺そうとした人間が、同一だとする。それが佐伯なら、当然、千恵子が命をとりとめたのも承知だろう」

「それで逃げて帰って来たの？」

「かもしれん。――小さな町だ。ここへ俺たちが泊ってることも、誰かから耳に入るかもしれない」

「だとすると……。でも、まさか刑事を殺しゃしないわ」

「分からないぜ」

「でも――なぜ？　そんなことまでして……」

「もちろん、誰かに頼まれたんだろうな」

と、淳一は肯いて、「金のため、もあっただろうし、大山を恨んでた、ってこともあるだろう」

「でも、理由は何なの？」

「大山がなぜ、わざわざ千恵子を連れて東京まで行ったか、ってことだな」

「見当もつかないわ」

「今、知り合いに頼んでるところだ」

と、淳一は言った。「その結果が出て来りゃ……」

「何を頼んでるの？」

淳一の言葉に、真弓は目をパチクリさせたのだった……。

「計算さ」

淳一は目を開いた。

古い旅館というのは、その点、便利である。いや、忍び込む方には不便かもしれないが——。

廊下の床が、ギッと鳴る。淳一は、そっと布団に起き上がり、真弓の方を見た。

いとも平和に眠り込んでいる。起こすには忍びなかったが、死ぬよりはいいだろう。

軽く揺さぶると、真弓が目を開けて、口を開きかける。

淳一は、指を真弓の口に当てた。——廊下を、足音が進んで来た。

真弓は、ゆっくり布団から起き上がった。淳一は目を丸くした。真弓は右手に拳《けん》銃《じゅう》を握っていたのだ！

そんなもの、持ったまま寝てたのか？　淳一は今さらのように、ゾッとした。

真弓が、そっと立ち上がる。

突然ガラッと襖《ふすま》の開く音がして——隣の部屋だった。バン、バン、と銃声がした。

真弓が廊下へ飛び出す。

「銃を捨てて！」

両手で拳銃を握り、銃口はその男の胸を狙《ねら》っていた。

男はギョッとした様子で、立ちすくんでしまったが――。

よせ、と淳一は呟《つぶや》いた。やめとけよ。

その男が、ゆっくりと拳銃を真弓の方へ向けていたのである。たぶん無意識なのだろう。

「やめなさい！」

と、真弓が鋭い声で言った。

その時、男の向うに、

「真弓さん、どうしたんです？」

と、道田が現われたのだ。

男がパッと振り向いた。

「道田君、伏せて！」

銃声。――道田が引っくり返って、男は階段を転がり落ちるように、逃げて行った。

「放っとけ」

と、淳一は言った。「顔は見た。あれは佐伯だ」

「道田君！」

と、真弓が駆け寄る。「しっかりして！」

道田は、喘《あえ》ぎながら起き上がって、

「真弓さん……」

「けがは？　遺言はある？」

真弓はせっかちなのである。

「いえ……。大丈夫です。びっくりして、腰が抜けただけで」

と、道田はよろけながら、立ち上がった。「でも……。真弓さんが、僕の部屋を変えておいてくれなかったら……。今ごろは死んでいました」

「そうね」

「真弓さん、どうして分かったんですか、こんなことが。——凄い勘ですね」

「ま、まあね」

真弓は、笑顔を作って見せると、「ともかく、今の男を追うのよ！」

「はい！　すぐに仕度を」

「私も着替えるわ」

そりゃそうだろう。ゆかた一つで、追いかけ回すわけにもいかない。

「道田君！」

と、真弓が、すっかり目も覚めた様子で、呼び止めた。

「は、はい！」

「お腹が空《す》いたわ、おにぎりでも作ってもらっておいて」

真弓は大物になるに違いない、と淳一は思ったのだった……。

5

「何てことだ」

と、水田署長はため息をついて、「いくら大山さんを恨んでいたといっても、殺すことはないのに」

「いや、もちろんそれだけではありませんよ」

と、淳一は言った。「佐伯に金を出して、殺しをやらせた人間がいます」

「というと？」

――古ぼけた警察の建物の中で、真弓たちはモーニングコーヒーを飲んでいた。

もちろん、水田のおごりである。

「さっき、東京から電話がありましてね」

と、淳一は言った。「この島にとっては、大変気の毒なことですが」

「何のこと?」

と、真弓がキョトンとしている。

「あの吊橋だ」

「吊橋がどうしたの?」

「その内、落ちる」

——誰もが、唖然とした。

「まさか!」

と言ったのは、道田だった。「だって、吊橋ですよ。落ちるわけがないじゃありませんか」

大分混乱しているようだった。

「計算ミスなのです」

と、淳一は言った。「専門家に頼んで、あの設計図の強度計算をやり直してもらったのですがね」

「じゃ……。本当なの?」

「大山さんは、自分の責任で作った関係で、よく橋を見ていた。そして、どうも時々妙な揺れ方をするのに気付いたんだ」

「それで、町田に会いに行ったのね」

と、真弓は言って、「じゃ――町田がやらせたの?」

「そうさ。計算ミスで、吊橋がこわれたとなったら、学者としては命とりだ。大山の指摘でミスに気付いた町田は、何とかして、大山が一部持っていた設計図のファイルを奪おうとしたんだ」

「でも佐伯は?」

「佐伯は、町田のところへねじ込んで行ったんだと思う。自分が失業したのはお前のせいだ、とね。町田は失敗に気付いたとき、佐伯を利用しようと思い付いた。金のためなら、何でもやるだろう、とね」

「でも……。ひどい話ね」

と、真弓も唖然としている。

「――問題は、あの橋だな」

と、淳一は言った。「専門家の話じゃ、ちゃんと橋げたのある橋なら、補強して何とかなるが、吊橋となると難しい、ってことだった」

「そりゃ、一大事だ」

と、水田が言った。「町の存亡にかかわりますな」

「かけかえるっていっても、そう簡単にはねえ……」

「凄い費用だろうな」

と、淳一は肯いた。「大山さんも辛《つら》かったろう。自分の責任でやったことだし」

「何とか……方法はないのかしら?」

「うむ。新しく、橋の専門家に頼んで、考えてもらうことだな」

と、淳一は言った。

警官が一人、駆け込んで来て、

「車が一台、非常線を突破しました!」

と、大声で言った。

「行こう」

と、淳一が立ち上がって誘った。

「——あの車だ」

と、道田が言った。「——二人、乗ってますよ」

一人は、太った男だ。後ろからでも、よく分かった。町田だ。

佐伯の運転しているその車は、町を出て、あの吊橋へと向っていた。

「さすがに、あの先生、あの橋が心配になって見に来たんだな」

と、淳一は言った。「そこで佐伯にとっつかまった」

「逃げられやしないわよ」

と、真弓は言った。「道田君！　絶対に逃がさないで」

「はい！」

道田は大いに張り切っていた。

朝早い時間で、吊橋には、ほとんど車がなかった。佐伯と町田の乗った車、そして道田の運転する車……。

二台の車は、ほぼ五十メートルほどの間を置いて走っていたが……。

「あれ？」

と、道田が言った。「何だか――変だ」

「ちょっと！　真っ直ぐ走らせてよ」

と、真弓が文句を言った。

車が右左へ、フラつくのだ。

「やってます！　でも——地震かな？」

前の、町田たちの車も、右へ左へ、蛇行している。

「——危ないぞ」

と、淳一は言った。「ちょうど、この間隔で走ると、橋が共振するんだ。どんどん揺れが大きくなる。——停めろ！」

車が急ブレーキをかけて停る。しかし、橋は大きく左右に振れ、かつ、ねじれ始めていた。

「ど、どうする？」

真弓が青くなった。「ジェットコースターじゃあるまいし！」

「バックしろ」

と、淳一は言った。「全速力で！　もう止められない」

バックといっても——車はまるで酔っ払っているような千鳥足だった。

「町田たちが——」

と、真弓が言った。

向こうも車を停め、町田と佐伯が、車から出て来た。しかし、とても歩けないのだ。

橋のねじれる凄い音がした。

「もう少し！」

と、淳一が叫ぶ。「頑張れ！」

道田が、ぐっとアクセルを踏んだ。車が、後ろ向きに橋を出て、やっと停った。

「やったぞ。道田君、大したもんだ」

淳一は、車から出た。

町の人たちが、大勢駆けつけて来た。

「まあ……」

と、真弓が呟いた。

「たまたま、今まで、あの間隔で走った車がなかったんだ。運が良かった」

と、淳一は言った。

「助けてくれ！」

と、町田が叫んでいる。

しかし、町田たちまでは百メートルもあった。とても助けには行けない。

「退《さ》がって！」

と、淳一は怒鳴った。

バン、バンと花火でも上がっているような音がして、吊橋を吊ったワイヤーが切れ始めた。

そして——呆気ないくらい、アッという間に、橋は海の中へと崩れ落ちて行った。

水しぶきが、巨大な噴水みたいに上がって、それで終りだった。

「何とね……」

と、水田署長が言った。「きれいさっぱり、なくなっちまったもんだ……」

——誰しも、まるで夢でも見ているような顔で、何もなくなった空間を、眺めていた……。

「だけど」

と、真弓が言った。「大山って人は、あなたに何を頼むつもりだったの？」

「どこで聞いたのかな」

と、淳一は苦笑した。「大山は、町田が自分の失敗をなかなか認めないので、あのファイルを俺に渡して、町田の所へ持って行かせたかったんだろう」

「持って行くって？」

「つまり、町田はもう自分のミスに気付いてたから、当然手もとの図面は直してあったんだ」

「ずるい！」

と、真弓は怒っている。

二人はやっと東京へ戻って、千恵子の入っている病院へと向っていた。やっと、というのは、あの島から船でなくては出られないので、丸一日、足止めされてしまったからである。

「当然、大山もそれを察していた。しかし、自分の所にはコピーが一部ある。そして町田の所の、直したやつとすりかえてほしかったんだな。メモを見ても、何のことやら分からなかったが、やっと納得がいったよ」

「町田は、あのファイルを取り戻そうとして、佐伯を雇って……」

「大山を殺させた。だが、ファイルは見付けられなかった」

「千恵子さんまで殺そうとしなくても良かったのに」

「後で千恵子があそこに隠れていたのを知って、顔を見られたかもしれない、と思ったんだろうな。当然、すぐに誰なのか分かるだろう、と心配になった」

「でも……。あの島、どうなっちゃうのかしら？」

「まあ、当分はまた船に頼っての生活だな。――後のことは、島の人たちが決めることさ。そうだろう？」

「そうね」

と、真弓は肯いた。

病院へ着くと、二人は千恵子の病室に向った。

千恵子は、ぼんやりと天井を眺めていた。

「――どう?」

と、真弓が訊く。

「ええ……」

「何だか、元気ないのね」

「聞きました。大山さんが私の父だってこと……」

「――そう」

「でも今、島では、大山さんのこと、ひどく悪く言われてるんです。私、そっちの方が悲しくて」

「人間、誰かのせいにしないと、なかなか腹立ちってのは、おさまらないのさ」

と、淳一は言った。「――さあ、これを返すよ」

淳一は、ファイルを千恵子に渡した。

「ありがとう……。でも、何の役にも立たないわ」

「そうでもないさ」

「どうして？」

「中をよく見たかね？」

「だって……見ても分からないもの」

「中に、君あての手紙も入ってる。とっさのことで、一緒に君に渡したんだ」

「私のことが書いてあるの？」

「遺書だ、正式のね。君は、大山さんの子供として認められているんだよ」

「本当に……？」

千恵子は、信じられないように、ファイルをめくった。「こんなに分厚いし、見る気もしなかった！」

「だから、あなたに『財産』だって言ったのね」

「設計図のことじゃなかったんだよ」

と、淳一は微笑《ほほえ》んで言った。「早く良くなれよ」

「はい」

千恵子は、やっと笑顔を見せた。それから、ちょっと不安げに、

「でも……私、行くとこないし……」

真弓は、淳一と顔を見合わせた。

もちろん、私は気に入ってるのよ、この子のことを。でもねえ……。

真弓の顔は、はっきりそう言っていた。

「そうだ！」

と、千恵子が目を輝かせて、言った。

「え？」

「私、真弓さんみたいな女刑事になろう」

「そ、そう……」

「でなきゃ、淳一さんみたいに」

千恵子は淳一を見て、「ね、淳一さんって、何のお仕事してるんですか？」

と、訊いた。

「そうだな……」

淳一は、ちょっと詰って、「ま、広い意味での人助けだよ」

と、言ってやった。

三途の川は運次第

1

「帰ったぜ」

と、今野淳一は声をかけた。「おい、真弓——」

夜の十時。普通のサラリーマンにとっては「早い」とは言えない時間だろうが、今野淳一のように「夜の商売」に励んでいる人間にとっては、珍しく早い帰宅である。

といって、いくら淳一が妻の真弓ののろけの如《ごと》く「苦味走《にがみばし》ったいい男」であっても、別にホストクラブに勤めているというわけではない。——今野淳一は「超一流」と自他ともに認める名泥棒（？）なのである。

妻の真弓にしても、時間的にはあまり規則正しいとは言いかねる商売——刑事だった。ただし、こっちが名刑事と呼べるかどうかは、やや疑問の声も出るかもしれない。

「いるのか？」

居間のドアを開けた淳一へ、

「あなた！　入らないで！」

と、真弓の声が鋭く飛んで来た。

一瞬、淳一は緊張した。誰か淳一の敵が侵入して、真弓を人質にでも取っているのか、と想像したのである。しかし、それが見当外れだったことは、すぐに分かった。

「まだ乾いてないの！　踏まないで入ってね、入るなら」

淳一は、居間の床一杯に広げられた封筒を、目を丸くして見渡した。まるでカーペットの代りに封筒を敷きつめよう、という気配だ。

「真弓さん！　もう置く所がありません」

と、居間の隅《すみ》から声が上がった。

真弓の部下で、真弓に惚《ほ》れ込んでいる、道田刑事だ。

「まだ棚の上があるでしょ！」

と、真弓が答える。

「そうか！　床だけじゃないんですね、場所は。真弓さんは天才ですね、やっぱり！」

と、道田は感嘆の声を上げた。

そして——。道田は当惑した様子で、

「真弓さん」

「何？ 忙しいのよ、こっちは！」

と、テーブルの上で何やらやっている真弓は、道田の方を見もしない。

「すみません。あの……動けないんですが」

足下一杯に封筒が敷きつめてあって、道田当人は居間の角に追いつめられた格好になっているので、封筒を踏まずには、どこへも行けないのだ。

「動けないって……」

真弓は道田の方を見て、「ちょっと飛べば？」

「鳥じゃないぜ」

と、淳一は言った。「何してるんだ、一体？」

「見れば分かるでしょ。封筒ののり付け」

「何だ？」

「封筒をのり付けしてるの」

真弓は、十枚ほどの封筒を次々にのり付けして、「道田君、早くしてよ！」

「はあ……」

道田は情ない顔で立ち尽くしている。

「おい、待てよ」

と、淳一は言った。「何事だ？　最近は警視庁もダイレクトメールでPRしてるのか？〈犯罪のご用は警視庁へ〉とか〈一一〇番して下さった方には抽選でハワイ旅行〉とか」

「古いわ。今は、ニュージーランドかオーストラリアでなきゃ」

と、真弓は言った。「そうじゃないの。これは副業」

「副業？」

淳一は、いささか心外という様子で、「俺《おれ》の稼ぎと、お前の給料で充分だろう」

「でもね、時間をむだにするのは馬鹿げてるってことを悟ったの。ちりもつもれば山となる、よ」

「また古いことわざだな。こんなもんでいくらになるんだ？」

「十枚やって、五円」

「五円ね……」

と、淳一は肯《うなず》いた。「いつからデノミになったんだ、日本は?」

「真弓さん……」

と、道田はまだ立ち尽くしている。

「おい、副業なら副業でいいが、道田君を使っちゃ可哀《かわい》そうだ。これは刑事としての仕事じゃないんだろ?」

「あら、私が頼んだんじゃないわ。道田君が進んでやってくれてるのよ。ねえ?」

「もちろんです!」

道田は精一杯、けなげな笑顔を見せて、答えたのだった……。

——三十分すると、居間の中もきれいになり、疲れ果てた道田刑事は、ソファで眠りこけてしまった。

「こんなもの、やめとけよ」

と、淳一は呆《あき》れて、「副業ったって、何か他にあるだろう」

「そうね。やってみると、結構退屈なもんね。やめたわ」

と、真弓はアッサリと肯いた。「この段ボールにつめた封筒、道田君にプレゼントしようかしら」

「きっと喜ぶだろうぜ」

「ああ、肩がこった！」

と、真弓は淳一の方へすり寄って来て、「ね、肩のこりをもみほぐしてくれる？」

「やってやってもいいが……。こってるのはそこだけかい？」

「他にもあちこち……。ね、いっそ、全身、もみほぐしてくれる？」

「俺はマッサージ師じゃないぜ」

「それぐらいできなくて、一流の泥棒って言えるの？」

　真弓の言葉は、いつも論理的とは言えないが、この場合もそうだった。しかし、それは二人の「スキンシップ」にとって、少しも邪魔にはならなかったのである……。


〈副業あり〉

　そのチラシは至ってシンプルで、それゆえに三《み》田《ため》恵《ぐみ》に、信用してもいいかもしれない、と思わせた。

　他のチラシは、あれこれうまいことを書きつらね、〈楽をして、高いお金がもらえます〉と声高に誘いかけていたが、そんなことがこの世の中にあるわけがない、と判断するほどには、三田恵は頭が良かったのである。

「副業、ね……」

と、電話の前で、もう三十分も座り込んでいる恵は、ため息と共に呟《つぶや》いた。

散々考えたあげく、どうしても何かしなくてはやっていけない、という結論に達したのが、三日前。たった三日で、いい仕事を捜すというのは、どう考えたって至難の業だろう。

でも、いつまでも待ってはいられないのだ。

恵の夫は、会社の不況で、一気に月給を三分の二に減らされてしまった。しかも、ボーナスも当分出る見込みはない。

今住んでいる公団住宅のローンとか、私立の中学校へ今年入ったばかりの娘の紀代《のりよ》の月謝。どれも、待ってはくれない。もともとぎりぎりの家計で、

「何とかなるさ」

と、夫の三田邦夫《くにお》はのんびりやって来た。

体は丈夫。――その点は今も変らない。しかし、「不況」までは、丈夫な体だけでは、どうすることもできなかったのである。

正直なところ、二十三歳で結婚してから十四年間、「主婦」以外の立場になったことのない恵にとって、三十七歳の今、新しい仕事を憶《おぼ》え、職場の人間関係に慣れるというのは、気の重いことだ。三十分も電話の前で座り込んで、思い切れなかったのは、

そのせいだった……。

仕方ない。——時計を見て、もう四時半になっているのを見て、恵は受話器に手をのばした。

紀代が学校から帰って来てしまったら、電話できなくなる。副業をしていることを、紀代には知られたくなかったのである。

それに、五時になったら会社という所は人がいなくなるだろうし……。夫の勤め先みたいに、日曜日も平気で出勤させて、しかも不景気だからといって手当も出さない、なんて会社が他にあるとは、恵には思えなかった。

恵はチラシにある電話番号を押した。——お話し中だったらいいのに、なんて考えたりしている。

しかし、電話はつながった。ルルル、と呼出し音が聞こえると、恵の心臓はドキドキし始め、手が勝手に動いて電話を切ってしまわないように、努力しなくてはならなかった。

「はい」

と、声が聞こえた時、恵は一瞬身震いした。「もしもし？」

「あ——あの……」

思うように声が出ない。あわてて咳払《せきばら》いして、

「すみません。あの……副業がある、ってうかがったんですけど」

と、恵はやっとの思いで言った。

「ああ、そうですか」

男の声で、至って穏やかな調子だった。

「もう——決っちゃったんでしょうか」

いくらか期待をこめながら（？）、恵は訊《き》いた。

「いや、大丈夫ですよ」

と、相手はアッサリと言った。

「そうですか。あの——」

「明日の午後一時に、N駅の改札口の外で待っていて下さい」

と、男は言った。「いいですね？」

N駅の改札口なら、恵はよく知っていた。午後一時には、行こうと思えば行ける。

「はい」

と、返事をするしかなかった。

「じゃ、こっちの方から、捜して声をかけます。動きやすい格好をして来て下さい」

「動きやすい格好――ですね」

「それと、地味な服で。あまり目立つ、派手なものは避けて下さい」

「分かりました。それで――」

「では、午後一時にN駅の改札口で」

男はそう念を押して、電話を切ってしまった。

「あの――もしもし」

と、恵は言ったが、もう切れているのは承知していた。

ただ……どんな仕事をするのか、恵はそれさえ聞かなかったのである。

「大丈夫かしら?」

恵は、一体どんな仕事で、いくらもらえるのか、訊きもしなかった自分に呆れていた。

しかし――何かいかがわしいような仕事というわけではないだろう。地味な格好で、と言うくらいだから。

動きやすい格好?――まさか工事現場で土掘りでもやるんじゃないわよね。

そう考えて、恵は思わず笑ってしまった。

「――ただいま」

と、娘の紀代がヒョイと居間を覗《のぞ》いたので、恵はびっくりした。

「何よ、急に！　いつ帰ったの？」

「今。電話してたから、声かけなかったんだよ」

十三歳なのだが、小柄な紀代は恵とよく似ている。可愛《かわい》い子である。

「お母さん、何を笑ってたの？」

「笑ってたって？」

「今、笑ってたじゃないの」

「そう？」

恵は立ち上がって、「はい、お弁当箱を出して。今日はピアノでしょ」

ポンポンと言って、台所へ入って行く。

どんな仕事かも分からないのだ。夫と娘には、まだ言わずにおこう、と恵は思った
……。

「副業ね」

と、台所に立って、恵は呟いた。「どうせ大したお金にゃならないのよ」

がっかりしたくない。その思いが、恵にそう言わせたのである。

「お父さんは？」

と、紀代が台所へ入って来る。

「まだよ、もちろん。こんな時間に帰って来るわけないでしょ」

と、恵は笑った。

「そうだね……」

紀代が、何か言いたげな様子でいることに、いつもの恵なら気が付いたかもしれない。

しかし、この時の恵は、明日の「副業」のことで、頭が一杯だったのである……。

2

「ご苦労さん」

と、その男は言った。「もう帰っていいですよ」

恵は、ちょっと戸惑っていた。

「あの……」

「おっと！　失礼」

と、その男は笑って、「肝心の支払いを忘れるところだった」

「はあ」

恵は、その男――昨日の電話に出た男で、杉山《すぎやま》と名乗った――が、上衣の内ポケットから封筒を出すのを見ていた。

「さ、これが今日の分の日当です。――また、お願いできますか」

「ええ。ただ……私、何の仕事をしたんですか?」

恵が面食らったのも当然だろう。

午後一時、指定された通りの場所で待っていた恵に、杉山が声をかけて来た。声で連想していたよりも少し若く、三十七歳の恵よりたぶん年は下かもしれない。しかし、スマートで垢抜《あかぬけ》した印象、どこか自由業風の、芸術家っぽいムードを漂わせていた。

杉山の運転する車に乗って、恵は二十分ほどドライブした。

車が高級住宅地として知られる辺りに来ると、杉山は車を道の端に寄せて停《と》め、

「待ってて下さい」

と、恵に言って、一人で車を降りた。

杉山が戻って来るのに、三十分ほどかかった。杉山は、白い布の袋を手にしていて、中は重そうだった。

「お待たせしました」

と、杉山は言って、初めのN駅前に車で戻ると、そこで、もう帰っていい、と言い出したのである。

恵としては、これから仕事をするんだろうと思っていたのだ。それが、これでおしまい？

「ちゃんと、仕事をしてくれましたよ」

と、杉山はちょっと不思議そうに、「この車の中で、僕の帰りを待っていたじゃありませんか」

「ええ、それは……。でも、仕事なんて言えないんでは……」

「いや、あれはあれで、とても大切な仕事なんです。さ、どうぞ受け取って下さい」

「はあ……。どうもすみません」

くれるものはもらっておこう、と恵は思った。

車を出て、恵は杉山の会釈に応《こた》えて頭を下げた。――なかなかすてきな人だわ、と思った。

「変な仕事」

と、肩をすくめる。

実際、何もやっていないのと同じだ。車の留守番？楽には違いないが、大したお金にはなるまい。封筒は少し分厚い感じだったが、大して入っているとは思えない。

まだ時間も大してたっていなかったので、恵は駅前の喫茶店に入った。

コーヒーを頼み、ゆっくり寛《くつろ》ぐ。

いくらくれたんだろう？——ちょっとためらってから、恵は封筒の封を切って、中からお金を取り出した。そして——呆気《あっけ》に取られた。

一万円札だ！　それも……十枚ある！

十万円？　車の中で三十分番をするだけで十万円？

恵は愕然《がくぜん》として、その一万円札が木の葉に変るんじゃないかと心配するように、じっと見つめていた。

しかし——これは夢でも何でもない。

あんな「副業」なら、いくらでもやってあげる！

恵は大喜びで家に帰ることになった。途中、ケーキを買い、ささやかに高い牛肉を買ってみた。

あんな仕事、もう二度と来ないわ、きっと。恵はそう思った。

しかし——そうではなかった。

二日後、杉山から電話がかかって来たのだ。

「明日、出られますか」

と、杉山は訊いた。

「はい」

「じゃ、午前十一時に、Sホールの前で」

「分かりました」

と、恵は言った。「あの……今度のお仕事は？」

「この前と同じですよ」

と、杉山は言った。「じゃ、明日」

「はい」

この前と同じ？　本当だろうか？

車で番をしているだけで、十万円になるのだ！　これを断わるという手はない。

もちろん、その次の日、恵は出かけた。

今度は車で待つのが少し長くなり、四十五分かかったが、それでも真っ直ぐに元の場所へ送ってもらって、また封筒を渡される。——中には、前と同じ金額が入っていた。

信じられない！　こんなに易《やさ》しい副業があったなんて。

――この日、恵はデパートに寄って、自分のワンピースと紀代のセーター、それに夫にはチョッキを買って帰った。

「また近い内に」

と、杉山は言っていた。

月に一、二回あれば、家計はずいぶん楽になる。

恵は張り切っていた。――夫が疲れていても、恵の方は元気そのもので、娘の紀代が呆れるくらいだったのである。

しかし、三回、四回と重なると、さすがに夫の三田も気付いて来る。

「おい」

と、ある日、三田が夕食の時に言った。「お前、服を買ったのか」

恵は、来たな、と思った。いつか夫に訊かれるだろうと予期はしていたのである。

「そうよ。あなたと紀代のも買ったわ。なかなかいいでしょ？」

と、ニッコリ笑って、「紀代、もう一杯食べる？」

「うん……。でも、あのブランドって、凄《すご》く高いんだよ」

と、紀代は言った。

「どこから金が出てるんだ、一体？」

と、三田は言った。

「サイドビジネスをやり出したの。結構楽しいのよ」

と、恵は、できるだけ軽い口調で言った。

「へえ！　お母さんにできる仕事なんて、あるの」

と、紀代が目を丸くする。

「あら、馬鹿にしたもんでもないわよ」

「しかし……どんな仕事なんだ？」

と、三田は気になっている様子だ。

「お留守番なの。本当に簡単な仕事なのよ。そう大してお金になるわけじゃないけど、いい気分転換だし……。別に、構わないでしょ？」

紀代の前で、家計が苦しいという話はしたくない。夫がそう考えていることを、恵は知っていた。

「うん。そりゃまあ……。お前がやりたきゃ、やればいいさ」

と、三田は肩をすくめて、食事を続けた。

うまくかわしたわ、と恵は思った。

本当のことを話せば、夫はきっと心配しただろう。そんなうまい話があるわけはない、と。

恵も、確かに信じられないような気持ではあるが、実際にもう、杉山の仕事は五回にも上っていた。

しめて五十万円！　これが三田家の家計にとって、どんなにプラスになっているか、はかり知れないものがあった。

恵は、夫が怒って、副業なんかよせ、と言い出すのを恐れていたのだ。でも、うまくやった。

むだづかいはしたくない。もちろんこのまま、あの仕事がいつまでも続くとは思えない。

少しでも貯《たくわ》えておいて……。でも――ほんのちょっとぐらいなら、こづかいに回してもいいじゃないの。そうだわ、働く意欲もわいて来るっていうものだし……。

「あなた、もう一杯どう？　いいお肉なのよ、おいしいでしょ」

と、恵はニッコリ笑って言った。

――どうしたのかしら？

恵は、何度もダッシュボードの時計を見ていた。

今までこんなことなかったのに……。

もう、杉山が車を出て三時間たっていた。そろそろ夕方の五時。――できることなら家へ帰って、夕食の仕度をしたいが。

しかし、杉山は一向に姿を見せないのである。今日は長くかかるとか、別に言っていなかったから、恵もいつもと同じような調子で、車の中に座っていた。

三時間も……。一体どうしたのだろう？　高いお金を払ってもらっているのだ、という思いがあるので、じっと待ち続けていた恵だが、五時半になると、さすがに何とかしなくては、と思った。

遅くなるならなるで、家に電話ぐらいしておかなくてはならない。紀代はたぶん、もう帰っているだろう。

恵は車を降りると、杉山が入って行った、その大きな屋敷を見上げた。

門は閉じているが、そのわきの小さな通用口は、押すと簡単に開いた。

――気がひけながらも、恵は木立《こだ》ちの間を抜けて、玄関へと歩いて行った。

塀の外から見て想像していた以上に、凄い邸宅である。ここに杉山は何の用があってやって来たのだろう?

杉山の仕事が何なのか、恵は訊いたこともなかった。何しろ、いつも一緒にいるのは車の中でのせいぜい一時間ほどであり、杉山の方もあまりしゃべらないので、恵はつい訊きそびれていたのである。

――玄関前に立って、恵は少しためらっていたが、やがて思い切って、玄関の引き戸をガラッと開けた。

「あの――ごめん下さい」

と、声をかける。「ごめん下さい。どなたか……いらっしゃいませんか」

家の中は静かだった。返事もなく、誰かが出てくる気配もない。

「すみません、どなたか……」

玄関へ入り、上り口から呼んでみても同じことだった。――どうしたものか、戸惑っていると……。

何かが聞こえた。人の声。いや声といっても、話しているのではない。

低く、途切れ途切れのうめき声のようなものだ。初めは、空耳《そらみみ》かと思った。

しかし、耳を澄ましていると、確かに聞こえていることが分かる。――恵は気味が悪くなってきた。

逃げ出したい気持と、杉山のことが気になっているのと、その間に立ってしばらく迷ったあげく、恵は上がってみることにした。

「失礼します……」

と、つい言っているのは、くせというものだろう。

声の聞こえた方へと、こわごわ進んで行くと……。

突然、目の前に杉山が現われて、恵は飛び上がりそうになった。杉山は、血だらけになっていたのだ。

「杉山さん！　どうしたんですか？」

と、思わず叫ぶように言うと、

「畜生！」

と、杉山は喘《あえ》ぐように言った。「お前の——」

そこまで言って、杉山は崩れるように倒れ、動かなくなった。

恵は、怖いよりも、呆然《ぼうぜん》として突っ立っていたが——ふと気が付くと、誰かが目の前に立っている。

その男は、恵を見ても、別に驚く様子はなかった。

「あなたが……この人を？」

と、恵は言った。

「いや、違う」

と男は首を振った。「早く逃げるんだ」

「え？」

「車は？」

「あの――外に」

「来るんだ」

と、男は恵の腕を取って、引っ張った。

「でも――」

「あれが聞こえないのか」

恵は、初めて、近付いて来るパトカーのサイレンに気付いた。

「この人、けがをして……」

「もう死んでる。捕まりたいのか？」

「捕まる？　どうして私が？」

「この男は泥棒だ。あんたはその仲間。当然だろう、捕まっても」

泥棒。――杉山が？

恵はその男に手を引かれて、屋敷を飛び出した。そして車へ乗り込むと、男がすぐに車を出す。

間一髪、というところだった。バックミラーにパトカーがチラッと映った。

「やれやれ」

と、少しスピードを落として、男は言った。「あんたは知らなかったのか、あの男が泥棒だったってことを？」

「ええ……。ただ、車の中でいつも待っていただけです」

「車を持ってかれちゃ大変だからね、盗みの最中に。いくらもらってたんだ？」

「十万円……。ただ待ってるだけにしては、沢山《たくさん》もらえるなあ、とは思いましたけど」

男は、ちょっと笑った。――少し皮肉な、しかし決して不愉快な印象ではない笑いだった……。

「あんたは普通の奥さんか」

「ええ。主人の会社が不況で……。いい副業を捜してたんです」

恵はまだ何が起こったのか、よく分かっていなかった。夢でも見ているのだろうか、と思っていたのだ。

「中代《なかしろ》を誰かが殺した。まあ、殺されて惜しいって奴《やつ》じゃないが、やはり警察は犯人を捜すだろう」

「中代って……。杉山さんのことですか」

「そう名乗ってたのか。中代は、その世界じゃ知られた泥棒さ」

「知りませんでした。何も……」

「あんたは、もう忘れることだ」

と、男は言った。「もうすぐ駅だ。——そこで別れよう」

車が停ると、恵は外へ出て、

「あの——どうもすみませんでした」

と、礼を言った。

「今日は一日、家にいたことにしといた方がいいぜ」

と、その男は言って、「じゃ、これで」

軽く肯いて見せ、車がアッという間に遠ざかって行く。

ポカンとして見送っていた恵は、

「あの人、一体誰なのかしら」

と、呟いたのだった。

3

「えらく簡単な事件だったの」

と、真弓は言った。「ねえ、道田君」

「いや、そりゃ真弓さんがいたからこそ、ですよ」

と、道田は心から溢《あふ》れる真情をこめて言った。

「あら、そう？　まあ、確かに私が担当していなかったら、解決がほんの少し遅れてたかもね」

真弓は、ホホホ、と笑った。

「じゃ、犯人は捕まったんだな」

と、淳一は言った。「その祝いってわけか」

三人で、昼食を取っているところである。

ゆうべ、夜中に電話で起こされて出て行った真弓が、もう事件を解決して、昼を食べているのだから、確かに「楽勝」と言っていいのだろう。

「泥棒が殺されるってのは珍しいですよね。しかも、忍び込んだ先で」

と、道田が言った。

淳一はチラッと道田を見て、

「泥棒だって、人間だからな。殺されていいってことはない」

と、言った。

「そうよ！　道田君、そういう差別意識を持ってはいけないわ」

「はあ」

「中には立派で、男らしくて、魅力的な泥棒だっているのよ。それなのに、殺されて当然だって言うの？」

「す、すみません」

何だかわけも分からずに怒られて、道田は謝っている。

「――中代ってのは、しかし、かなりたちの悪い奴だったんだろう」

と、淳一は食事を終えてウエイトレスを呼び、コーヒーを注文してから言った。

「そう。もうこれまでに三人も殺してるの。あんなのは殺されてもどうってことないわ」

「はあ……」

道田は、真弓の言葉にただ肯くだけにしたようだった。賢明なやり方かもしれない。

「で、結局、犯人は誰だったんだ？」

と、淳一は訊いた。

「あら、私、言わなかった？」

真弓は目をパチクリさせて、「もちろん、共犯者よ」

「仲間割れか」

「そういうことね」

「しかし、どうして盗みの現場で仲間割れを起こすんだ？」

「さあ。たまたまでしょ」

「普通は、盗んだ後でもめるもんだ」

「それはそうね」

「で、何て奴だい、それは」

「女なの。それもね、表向きは平凡な主婦！　ねえ、びっくりするじゃないの」

淳一は、少し間を置いて、

「主婦か」

と、言った。

「そう！　私みたいないい主婦もいるのに。あんな主婦もいるのよ。世の中って色々だわね」

「真弓さんは、殺された中代の手帳をめくって、その女の名前と電話番号がメモしてあるのを見付けたんです」

と、道田は言った。「いやあ、あれは真弓さんでなきゃ、とても見付けられませんでしたよ！」

手帳をめくるくらい、誰にだってできそうなものだ。

「で、その女を訪ねて行ったの。そしたら、用件を切り出すなり、ワッと泣き出して――。で、一件落着よ」

「ふーん」

と、淳一は肯いて、「で、自白したのかい？」

「自白？　いいえ。連行されてからも、泣いてばっかりいるわ。よくあんなに泣けるもんね。飽きもせずに」

淳一は少し考え込んだ。コーヒーが来ると、ブラックのまま一口飲んで、

「苦いな」

と、顔をしかめた。

「まあ！　苦いコーヒーを出すなんて！　この店を営業停止にする？」

「落ちつけよ。——その主婦だが、釈放した方がいいと思うぜ」

「え？」

真弓はキョトンとして、「あなた、私の仕事ぶりにやきもちやいてるの？」

「やいてどうするんだ。いいか、中代は、ベテランの泥棒だ。いくら組んでる仲間だって、アッサリ殺されるほどドジじゃない。その女がやったとしても、共犯が他にいるな」

「三田恵に共犯が？」

真弓はぐっと身を乗り出して、「誰のこと？」

「俺が知るか。その三田——恵っていうのか？　その女を泳がせておけば、必ずその共犯者に接触する。そこを一挙に挙げちまえばいいんだ」

真弓は目を輝かせて、

「あなたって天才よ！」

と、店中の客が振り向くような大声を上げた。「道田君！　すぐに三田恵を釈放して」

「でも、課長が——」

「いいの。もし、何かあっても課長の責任だから」

「そうですか。じゃ……」

淳一は、真弓の上司にだけはなりたくない、と思ったのだった……。

紀代がやって来るのが見えた時、恵は、思わず停っていた車のかげに隠れてしまった。

紀代は、中学校の友だち二人と一緒に歩いていた。まだ新しい学生鞄《かばん》を下げて、甲《かん》高《だか》い笑い声を上げながら。

――良かった。

恵はホッとしていた。自分が逮捕され、新聞やTVにまで顔が出て、紀代がどんなに辛《つら》い思いをしているか、と胸を抉《えぐ》られるような気持だったのである。

しかし、紀代はいつもと少しも変りなく、元気にしているようだ。――良かった。

「じゃ、さよなら」

「バイバイ！」

元気のいい声が飛び交《か》って、紀代が友だちと別れ、家への道を辿《たど》って行く。

恵はその後ろ姿を見送って、

「幸せになってね」

と、呟いた。

「――帰り道はあっちだよ」

突然後ろで声がして、恵はびっくりして振り向いた。

「あなたは……」

恵は、あの時、自分を連れ出してくれた男が目の前に立っているのを見て、啞然《あぜん》とした。

「どうして娘と一緒に帰らないんだ？」

と、淳一は言った。

「私が帰れると思いますか？――〈強盗殺人犯の愛人〉と書かれ、その関係のもつれから男を殺した、なんて言われてるんです」

「全く、マスコミの想像力は貧困だね」

と、淳一は肯いた。「決り切ったパターンの物語しか入ってないんだな、頭の中に」

「釈放してくれましたけど、でも、容疑が晴れたわけじゃないし……。このまま、私がどこかへ消えてしまえば。それが夫にも娘にも一番いいんです」

「逃げるのかい？」

「いいえ。とても、そんな気力は……。どこか、山の中の湖にでも身を投げたら、当分は誰にも知られずに――」

淳一は、左右を見回して、

「おい道田君、出て来いよ。いるんだろ、その辺に？」

と呼んだ。

すると――電柱のかげから、道田が出て来た。グスグスすすり泣いている。

「おい、どうしたんだ？」

「いえ……。話を聞いていて、つい……。美しい母の愛――」

「感激屋だな、君も。この人を死なせるべきじゃないと思うだろ」

「もちろんです！」

「じゃ、あの娘を呼んで来いよ」

「分かりました！」

道田が猛然と駆け出し、紀代の後を追って行く。

「でも――」

と、恵が逃げ出しそうにすると、

「ま、心配するなよ。あんたがやったんじゃないことは、その内分かるさ」

と、淳一が恵の肩に手をかけて言った。

「お母さん！」

と、声が弾丸のように飛んで来た。

紀代は、道田がとても追い付けないような勢いで駆けて来ると、母親に抱きついたのだった。

「――紀代。ごめんね、あんなことになって」

と、恵は言った。「もう、家へは帰れないから、お母さん……」

「何言ってんの！　お母さん、家に帰らなくて、どこに行くのよ。お父さんだって、待ってるわ」

「でも……怒ってないの？」

「どうして？　お母さんに人なんか殺せるわけないじゃないの。包丁で指切っても、貧血起こして引っくり返っちゃう人が」

淳一は笑って、

「どうやら、娘さんの方がよほど良く分かってるらしいな」

「でも――お父さん、会社の方は？」

「えらく張り切ってる。お母さんを守ってやるんだ、って言って。お父さんは、ああいう方が元気なのよ」

紀代は母親の腕を取って、「さ、帰ろう」

と引っ張った。

――紀代と恵の後ろ姿を見て、

「美しい！　美しいですねえ……」

と、道田は一人、涙を拭《ぬぐ》っている。

淳一は、自分と道田の他にも、母娘を見送っている人間がいることに、気付いていた……。

真弓は、時間潰《つぶ》しに、通りすがりの映画館へ入った。そこで見たのが……。すっかり、その映画に魅せられて、出られなくなってしまったのだ。

もう少し……。あと十分ぐらいならいいだろう、と思いつつ、とうとう終りまで見てしまった。

やっぱり、時間潰しに「風と共に去りぬ」を見てはいけない、と真弓は知ったのだった……。

すると、

「――大丈夫？」

「これぐらい持てるさ！　若いんだから！」

という声は……。

「道田君だわ」

真弓は呆れて、目をパチクリさせた。

道田が、三田恵と紀代の母娘と三人で、スーパーから出て来たのである。

両手一杯の荷物……。前が見えなくなってしまって、紀代に、

「ほら右！　そこを少し左。――もっと右に寄らないと危ないよ！」

と、ガイドされている。

あれじゃ、「見張ってる」ことにならないじゃないの！　真弓は、腹が立ったが
……。

でも、一緒になって笑っている三田恵の笑顔と娘の紀代の笑顔は、ハッとするくらいよく似ていて、美しかった。

「――道田君」

と、真弓が声をかけると、三田恵がハッと息をのんで、

「あ――どうも」

と、頭を下げた。

「誰です？」

荷物で前の見えない道田が、訊いた。

「私よ」

「あ！　真弓さん！」

あわてた道田のかかえた荷物が、ぐらっと揺れて、

「あーっ！」

紀代が声を上げた。しかし、もちろん声で荷物の落ちるのを止めるわけにはいかないのである。

「――やれやれ。拾いましょう」

「手伝うわ」

と、真弓も一緒になって、破れた袋から転がり出た、ジャガイモを拾った。

「すみません、真弓さん」

「いいわよ。――市民に愛される警察がモットーですもの」

と、真弓がPRしている。

すると――。

「おい、仲がいいな」

と、声がした。

真弓は振り向いて、目をみはった。二人の男が立っている。——見るからに、ギャングっぽい、人相の良くない男だ。

しかも銃口が、真弓たちの方へ向けられているのだ。

「何の用なの？」

と、真弓が言った。

「用があるのは、そっちの女さ」

「私？」

と、恵が言った。「私が何を……」

「しらばくれてもむだだぜ」

と、男の一人が言った。「おとなしく、あれを出してもらおうか」

「何のことですか？」

「とぼけるのか」

「おい」

と、もう一人が言った。「人が見てる。急げよ」

「分かってるとも。——その娘。こっちへ来い！」

「やめて！　紀代に手を出さないで」

と、恵は紀代を抱きしめた。

「二人とも死ぬか？」

「——お母さん、大丈夫、私」

と、紀代は言った。

「でも——」

「お前、俺たちと一緒に来い。いいな。娘の命と引きかえだ。明日までに、あれを用意しとけ！　分かったな」

紀代を楯《たて》に、二人のギャングは車の方へと急いだ。

真弓も道田も、紀代が人質になってしまっては手が出せない。

車が走り去ると、

「紀代！——ああ、どうしましょう！」

と、恵がよろけた。

「しっかりして！　あいつらは？」

「見当もつきません」

「でも、あれを出せ、って……」

「何のことだか……。紀代が——何とか助けてやって下さい！」

恵が真弓にすがりつく。

真弓だって、もちろん助けたい。

「道田君！　今の車を手配して！」

と、大声で言った。

「はい！」

道田は駆け出して、途中で振り向くと、「真弓さん！」

「何？」

「卵が入ってるんです！　割れてないか見て下さい！」

道田はそう言って、また駆けて行く。

庶民的な警察も行きすぎると心配ね、と真弓は思ったのだった……。

4

「すると、何か？　お前と道田君の目の前から、あの娘が連れ去られたのか」

と、淳一は言った。

「そうよ。ええ、私は能なしの刑事よ。何とでも言ってちょうだい」

と、真弓は一人でふてくされている。

「誰もそんなこと言ってないだろ」

「言ったわ」

「誰が？」

「課長よ」

淳一は苦笑した。

「いいか、やっと出て来たんだ、本命がな」

と、淳一は真弓の肩を叩《たた》いて、「がっかりするな。これで、中代の奴が、何か金目のものを盗んで、隠していたらしい、ってことが分かったじゃないか」

「そうね。――そう考えればいいのね」

「もちろん、その娘の身は心配だが、殺しゃしないさ、向うの狙《ねら》いは品物だ」

淳一は、居間のソファで寛いでいた。「しかし、三田恵は、本当に知らないんだろう？」

「そうらしいわ。向うはあくまで、その何だか分かんないものと娘を交換だ、って言ってるし……。どうしたらいいのかしら」

淳一は、一つ息をついて立ち上がると、

「じゃ、いっちょ出かけるか」

と、ウーンと伸びをした。

「どこへ出かけるの？　夜遊びはだめよ」

「泥棒に夜遊びのヒマはないぜ」

と、淳一は言った。「お前の手伝いをしてやりたくてな」

「やっぱりあなたって優しいのね！」

と、真弓は言った。「感謝のキスをしてあげるわ」

「おい、よせよ。その後が続くと、時間がかかるからな。――ともかく、俺は一人で出かける。いいか、連絡するから、待ってろよ」

「いつまでも待ってるわ」

と、真弓が甘ったるい声を出した。「だから――キスだけでも」

淳一はため息をついた。あと十分ぐらいは遅れても仕方ないか……。

紀代は、怖かった。

当然のことだ。――ギャングに捕まり、縛られたら、誰だって怖いだろう。

でも、何だか現実感がないのだ。

だって、紀代をさらって来た二人が、何だか間が抜けているのである。

「負けた」

と、一人が舌打ちした。

「お前、才能ないな」

と、もう一人がからかう。「こんな娘相手に負けちまうんじゃ」

紀代は、さっきから、この二人相手に、「五目並べ」をやって、連勝している。縛られているので、口で言うだけだが、それでも、簡単に勝ってしまうのである。

「賭《か》けなくて良かったぜ。今ごろ大負けしてたら」

と、一人が言った。

すると――ふと冷たい風が吹いて来た。

紀代は誰かが部屋の中に入って来ているのに気付いて、ドキッとした。

一体いつの間に入って来たんだろう？　足音もたてずに、静かに入って来た男は、
二人の男をチラッと見ると、

「遊びに来てるんじゃねえぞ」

と、静かに言った。「それとも、何か？　俺の言うことなんか、おかしくって聞け

ないってのか」

言われた二人の方はもう……。真っ青になって直立不動。冷汗が流れている。

「と、とんでもないですよ、兄貴！」

「すんません。この娘が、一緒に遊んでって泣くもんで、つい……」

嘘《うそ》ばっかり！　紀代は頭に来たが、黙っていた。

その男は、じっと紀代を眺めていた。感情らしいものの見当らない、冷ややかな視線に紀代はゾッとした。見たところビジネスマン風なのが、却《かえ》って無気味である。

「こいつが、あの女の娘か」

と、その男は言った。「俺は殺された中代の弟だ」

あの強盗の弟！　紀代は思わず身を縮めた。

「この娘をどうするんです？」

と、子分の一人が、やっと口を開いた。

「そりゃ、母親の答え次第だな」

と、中代は言った。

「お母さんは何も知らないわ」

と、紀代は言った。

「ほう。――なかなか母親思いだな」

薄い笑いが、唇の端に浮んだ。「しかし、俺には兄貴が見付けたものをいただく権利があるんだ。そうだろう」

紀代は何とも言えなかった。

「それにな」

と、中代は続けて、「お前の母親に訊きたいこともある。俺は兄貴のかたきを討たなきゃならんからな。兄貴を殺《や》ったのが誰なのか、お前の母親は知ってるはずだ」

「お母さんはそんなこと――」

「はっきり見ちゃいないかもしれないさ。しかし、誰かその前後に出入りした奴や、現場から逃げた奴を見ている、と俺はにらんでいるんだ。その辺のことを、じっくり聞きたい」

中代は、部屋の中を見回した。「あんまり居心地は良くないだろう。空ビルの中だからな。しばらくの辛抱だ。この二人が、何でも頼めば聞いてくれる。もちろん、逃してくれ、と頼んでもむだだけどな」

話し方は穏やかでやさしい。しかし、身のこなしや動きがいかにも油断なく、鋭いかみそりのようだった。

「あの泥棒——お兄さんを殺した人を見付けてどうするの」

と紀代は言った。

「見付けたら？　もちろん、殺すさ」

と中代は、ちょっと眉《まゆ》を上げただけで、「ただし、じっくりと時間をかけて、な。一日じゃ惜しい。二日も三日もかけて、じわじわと殺してやる」

中代の冷たい目の奥に、かすかな炎が燃え上がったようだった。紀代は、ゾッとして唇をかみしめた。

「いいか、よく見てろ」

と、中代は二人の子分に言って、「へますると、二度と日の光はおがめないぜ」

足音をたてず、静かに出て行く。

ドアが閉《し》まると、二人の子分と、紀代が三人で一斉にホーッと息をついた。

「汗かいた……」

「私も」

と、紀代は言った。

「拭《ふ》いてやるよ」

くしゃくしゃのハンカチを出したので、紀代はちょっと顔をしかめたが、ここは我慢して、拭いてもらうことにした。

「あの人、怖いの?」

「ああ、当り前さ。中代の兄貴に狙われたら誰だってイチコロだ」

「ナイフの名人なんだ。——やれやれ!」

紀代は、顔の汗を拭いてもらったが、背筋にも汗がスッと伝い落ちるのを感じていた……。


「——帰ったぜ」

淳一は、家へ入ると、居間に顔を出した。

「真弓。おい……」

ソファで真弓がグーグー眠っていた。確かに、淳一の帰りをおとなしく待っていたのである。

淳一は、真弓の耳もとで、ポンと両手を打ち鳴らした。

「キャッ!」

と、真弓は飛び起きて、「銃声よ! 反撃用意!」

「おい、落ちつけ」

「あら、あなた……」

「夢でも見たのかい？」

「そうらしいわ。ギャングが大勢でこの家へせめて来るの」

「怖い夢だな」

「私、あなたと二人で反撃するんだけど、多勢に無勢で、とうとうやられちゃうの」

「何だ、だらしない」

「でも、ラストシーンはね、二人でしっかり抱き合って死んでいくのよ」

夢を見てるのか映画を見てるのか、よく分からない。

「ところで、そろそろ出かけた方がいいんじゃないか」

「そう？」

と、真弓は時計を見て、「出勤時間だっけ？」

「夜だぜ、もう」

「じゃ、明日でいいわ」

「道田君から連絡があったろ？　例の三田恵の娘をさらった奴が、今夜の十二時に、と言って来たって」

「そうだっけ」

頼りない刑事である。「そう言われてみると、そんな気もするわ。あれ、夢じゃなかったのね」

「仕度しろよ。俺も一緒に行く」

「分かったわ。あーあ」

と、真弓は大欠伸《おおあくび》をした……。

そして三十分後――。

「紀代だけは何とか助けて下さい」

と三田恵が頭を下げる。

「任せて下さい」

真弓は力強く言った。「そのために、私たちは、不眠不休で当って来たんですから！」

よく言うよ、と淳一は聞いていて苦笑した。

「じゃ、出かけましょう。――道田君」

「はい。車は用意してあります」

「じゃ、一緒に。ご主人はここでお待ちになっていて下さい」

「どうかよろしく」

三田邦夫が恵の手を取って、「心配しないで、刑事さんたちにお任せするんだ」

「ええ。紀代と二人で、ちゃんと帰って来ますから」

恵も、しっかりと答えている。

任せて大丈夫かね、と淳一は思った。まあ、俺もついてることではあるが。

二台の車に分かれて乗ると、

「――ね、あなた」

「何だい」

「どこへ行くんだっけ？」

と、真弓は訊いた。

「いいか、中代はただの泥棒じゃない」

と、車の中で淳一は言った。「弟の方はその世界では知られた殺し屋だ」

「殺し屋？」

「ああ。殺人狂のところもある。――あんまりゾッとしない奴だがな」

「会いたくないわね。いい男？」

「知るか。――中代が最後に押し入って殺されていた屋敷だが、あそこは有名な美術品の闇《やみ》取引きをやっている男の家なんだ」

「へえ、知らなかったわ」

「研究不足だぜ」

と、淳一は言った。「もちろん中代が何も知らずにあそこへ忍び込むわけはない。目当てのものがあって、しかも、それは奴が殺されたのに、消えちまったんだろう。それを耳にした誰かが、てっきり共犯の恵がその何かのある場所を知っていると思って、あの娘をさらったって筋書きだ」

「なるほどね」

真弓は肯いて、「でも、あの場所に誰か他の人間がいたってことになるわね」

「そういうことだな」

淳一は澄まして言った。

「その誰かが、中代を殺したのかしら」

「殺しは別ってことも考えられるぜ」

「そう?」

「人間、いつでも可能性を見失っちゃいけない」

と、淳一は真面目《まじめ》くさった顔で肯いた。

「――もうすぐあの屋敷よ」

「この辺で停めよう。後は待機してることだ」

「でも、三田恵を一人でやるの？」

「向うがそう要求して来てるんだぜ」

「そりゃそうだけど……」

「俺に任せとけ。いざって時は呼ぶよ」

「じゃ、任せるわ」

泥棒に任せちまう刑事ってのも珍しい、と言うべきかもしれない。

淳一は車を出ると、もう一台の車から降りて来た三田恵を促して、歩き出した。

「――娘は無事でしょうか」

と、歩きながら、恵は言った。

「どうかな。そう祈るしかない。しかし、向うが、何かをほしがってる限りは、大丈夫だろう」

「でも、私、何も分からないんです」

「庭にある、と言え」

「庭に？」

「そうだ。——庭に埋めてある、と。そうすりゃ、掘るのに時間がかかる。その間に、こっちは何とかして娘さんを助け出す」

「分かりました」

恵は大きく息をついて、「もう、あんまり条件のいい副業はしないようにします」

と、言った……。

「ここから一人で行くんだ」

淳一はそう言ったかと思うと、スッと道の隅の方へ行って、たちまち闇の中に消えてしまった。

恵は、足の震えを何とか抑えて歩を進めた。

「——止れ」

不意に、正面に男が立った。一体どこにいたのかと思うほど、突然現われたのである。

「あの……」

「娘はここだ」

男が引き寄せたのは、後ろ手に縛られた紀代だった。

「紀代！　何ともない？」

と、恵は叫ぶように言った。

「うん。何とか。——お母さん、気を付けてね」

紀代はしっかりした声で言った。

「——例のものはどこだ」

と、男が言った。

「あの……庭です」

「何だと?」

「屋敷の庭に埋めてあります」

男は、ちょっと呆気に取られたように恵を見てから、笑った。

「なるほど。なかなか頭がいいじゃないか。まさか、当の屋敷の庭に埋めてあるとは思わないからな」

そして、横の方へ、

「おい、二人で行って来い」

と、声をかけた。

恵は、仕方なく、二人の子分たちに挟まれて、屋敷の中へと入って行った。

「どの辺だ?」

「あの……。こっちです」

どうしよう？

どこかそれらしい所を指してやらないと、すぐに嘘がばれてしまうだろう。

「おい、どこなんだ？」

「待って下さい。暗いので、よく分からないんです」

恵は、庭の中を進んで行った。

ふと、足下の地面が柔らかい所へ来た。――ここなら、それらしく見える。

「ここです。たぶん……」

「どけ。――そうか、確かに掘り返した後のようだな」

二人が、腕まくりして、地面を手で掘り始めた……。

「お母さんに何もしないでね」

と、紀代は中代に言った。

「俺が？　そりゃ無理ってもんだな」

中代は首を振った。

「無理って……」

「殺す。――兄貴を裏切ったんだ、あの女はな」

「違うわ！　お母さんは何も知らないで、手伝ってたのよ」

「そう言われても信じるわけにゃいかないね」

中代が、手を前にかざすと、いつの間にかナイフが握られていた。「これで、お前の母親の喉《のど》をかっ切ってやる」

「やめて！」

「安心しろ。お前も同じナイフで殺してやる。仲良く成仏しな」

「成仏できない奴もいるぜ」

と、声がした。

中代がハッと振り向く。淳一がそこに立っていたら――命はなかったろう。

ナイフが、その「声」に向って飛んでいたからだ。

「こっちだ」

塀の上に、淳一の姿があった。「トランシーバーにナイフを投げつけないでくれ」

「貴様！」

もう一本のナイフを――。

「やめて！」

と、紀代が叫んだ。「殺したのは私よ！」

中代が動揺した。——一瞬の間。

淳一は宙へ飛んで、中代の上に飛び下りた。ドッと二つの体が重なるように倒れる。

争いはなかった。

淳一が立ち上がると、もう、中代は動かなかった。中代自身のナイフが、その胸を貫いていたのだ。

「——大丈夫かい」

淳一は、紀代の縄を切ってやった。

「私……」

紀代は言った。「お母さんが凄くお金を持ってるって、お父さん、悩んでたんです。それで……後をつけたの。そしたら——お母さん、泥棒の手伝いを」

「本人は何も知らずにか」

「呑気《のんき》なの、お母さんって。私——腹が立って。あの男に、文句言いに行ったんです」

「盗みの最中にか」

「だって、あんまり頭に来たから……」

と、紀代は言った。「あの男、笑って取り合わなかった。捕まれば、お母さんも共犯だって……。私、食ってかかって——」

「まさか奴も、君に刺されるとは思ってなかったろうさ」

と、淳一は肯いて、「油断したのも当然だな」

「弾《はず》みだったんです」

と、紀代は言った。「あの時、何かで殴ってやろうと思って……。うるさい、って
ひっぱたかれて——。その時、ナイフが落ちたんです。私、それ拾って……」

「分かった」

「——私、少年院に行くのかしら」

「なに、大丈夫さ。誰も知らないことだ。俺もね」

淳一の言葉に、紀代はホッとしたように息をついた。その時、

「キャーッ！」

と、叫び声。

「お母さんだ！」

紀代は、ワッと駆け出した。淳一もあわてて追いかける。

真弓が、道田と一緒に駆けて来た。

「庭だ！」

と、淳一が怒鳴る。

三人が駆けつけた時――紀代は母親としっかり抱き合っており、二人のギャングは、きれいにのびてしまっていた。

「――どうしたの、これ？」

と、真弓が目を丸くする。

「私がけとばしたら、二人とものびちゃったの」

と、紀代は言った。「当たりどころが良かったのかも」

淳一は、紀代がゆくゆく、真弓のような刑事になるんじゃないか、という気がした。

「これは？」

と、道田が、掘られた穴を覗いて、「真弓さん、何かありますよ」

「でたらめを教えたんですけど……。本当に何かあったんです」

と、恵は言った。「二人で取り合いになって。逃げようとした私に、襲いかかって来たんです」

「――これ、金《きん》だわ！」

包みを開けて、真弓が目を丸くした。

金の仏像が、ずっしりと重そうだ。

「どうしてこんな所に？」

と、道田が唖然としている。

「良かったわ、ともかく。きっと、これも盗まれたものよ」

真弓はていねいに布にくるんで、「拾った人に一割くれるのかしら？」

と、言った……。

――帰りの車の中で、

「どうしてあんな所に埋めてあったのかしらね」

と、真弓が言った。

「そうだな」

淳一は肩をすくめて、「大方、後で取りに来るつもりで埋めといた奴がいるんだろ」

「それを、偶然見付けちゃったわけね」

「そういうことだな」

淳一は、少々ふてくされていた。

まさか、三田恵が、本当に品物の埋っている所を選ぶとは！

結局、今度の仕事がむだになってしまったわけである。

しかし、まあ……。いいか。

「俺も何か副業でも捜すかな」

と、淳一は言った……。

時刻《とき》は現金《かね》なり

1

「時は金なり、か」

と、今野淳一が呟《つぶや》いたのを、妻の真弓は聞き逃さなかった。

警視庁捜査一課の女性刑事としては、重要な目撃者の話を、時として聞き逃すこともあったが、夫の言葉は絶対に聞き逃さないのである。

「何のことなの?」

真弓は出かける仕度をしていた。——どこへ? もちろん仕事、つまり先日の殺人事件の聞き込みである。

もう十五分もすれば、部下の道田刑事が迎えに来るはずだ。

「うん？　何か言ったか？」

淳一はソファで新聞を広げていたのだが、真弓の声に顔を上げた。

「あなたが言ったのよ。『とっくに金はない』とか何とか」

「時は金なり、と言ったんだ」

「大して違わないでしょ」

淳一は、妻の、この大まかな感覚に時として感心しつつ、また時として、全然別の人間を捕まえて、

「大して違わないでしょ」

と言い出すのじゃないか、と心配にもなるのだった……。

「いや、やっぱり遅刻ってものはすべきじゃないな、と思っただけさ」

淳一はまた新聞の方へ目を戻したのだが……。何やら真弓が淳一のそばへピッタリくっついて座ると、

「あなた」

「何だ？　腹が減ったのか？」

「はっきり言えばいいじゃないの。そんなに遠回しな言い方をしなくても」

「何の話だ」

「私に遅刻してほしいのね？　でも、やはりそれは悪いことかもしれない、って悩んでるんでしょ？」

「そんなこと考えてないぜ」

「いいのよ、隠さなくても」

「おい、せっかく着たスーツをわざわざ脱ぐことないと思うぜ」

「少しぐらいの遅刻、どうってことないわ。夫婦の間がうまく行くことの方が、ずっと大切よ」

「うまく行ってるぜ、今でも。――おい、道田君が来るんだろ」

「大丈夫よ、誰《だれ》も出なきゃ、お隣へ預けてくわ」

宅配の配達人と間違えている。それはともかく、呆気《あっけ》にとられている淳一の前で、真弓はさっさと服を脱ぐと、猛然と襲いかかって来たのだった……。

「真弓さん！　お迎えに参りました！」

玄関の、それも外からの声が、居間まで充分に通る元気の良さ。

道田刑事の二十五歳という若さならではのものである。

「いやね、せっかちなんだから」

サッパリした表情で、シャワーを浴びて来た真弓は文句を言った。「女の仕度は手間がかかるのよ。それぐらいわきまえていなきゃ」

道田も、時間通りに迎えに来て文句を言われたのでは可哀《かわい》そうである。

淳一は、玄関へ出て行った。

「やあ道田君」

「あ、どうも！」

この気のいい青年は、淳一にまで敬礼してくれるのである。もちろん、今自分が敬礼している相手が、極めて有能な泥棒であることなど、知る由《よし》もない。

「真弓は今、化粧してるよ。ちょっと待っててくれ」

「そうですか！」

道田の頰《ほお》がポッと赤くなって、「いやあ、感激だなあ。僕のために、わざわざお化粧を……」

全くいいコンビだぜ、と淳一は思った。

「今野さん、お仕事は？」

「うん？　ああ、少ししたら出かけるよ。打ち合せがあってね」

「何でしたら送りましょうか。パトカーならタダです」

「おいおい、税金のむだづかいはいけないぜ」

と、淳一は苦笑して言った。

真弓が仕度をすませて出て来る。

「ご苦労様」

「真弓さん。今日は一段とお美しいですね」

道田は、すっかり真弓に参っているのである。しかし、真弓はそっけなく、

「そう? さ、急ぎましょ。時は金なり、よ。時間をむだにしちゃいけないわ」

真弓がさっさと出て行く。道田があわてて後を追いかけ、淳一は呆《あき》れ顔でそれを見送っていたのだった……。

実際、淳一は退屈していたのである。

そうでもなかったら、頼まれ仕事など引き受けたりしない。ちょっとした知り合いを通して、倉沢健吾《くらさわけんご》という男の話を聞くことになったのは、このところしばらく仕事をしていなくて、体がなまってしまいそうだったので、軽い準備運動のつもりだったのである。

仕事をしていない、といっても、決して怠けていたわけではない(泥棒が「怠け

る」という言い方があるのかどうか……)。

盗みたいと思うほどのものがない、というのが正直なところだったのだ。全く、今の日本は、物が溢《あふ》れ返っているが、本当に価値のあるものは、至って少ない。――ま、淳一の嘆きにも一理ある、というべきか。

ところで――ここは淳一の知り合いが予約したホテルの一室。

もちろん、淳一は女と逢《あ》いびきしているわけではない。

ドアが開くと、一人の男がシルエットで浮かび上がった。部屋の中が暗いので、その男は戸惑ったようで、ドアを押えたきり、中へ入ろうとしない。

「どうぞ奥へ」

暗がりの奥から、声がかかった。もちろん淳一である。

「どうも……。あの――」

「入って、ドアを閉めて下さい」

「明りは点《つ》かないんですか」

と、その男は訊《き》いた。

「私の顔をご覧にならないようにです」

「ああ。――なるほど」

男は納得したようで、部屋へ入るとドアを閉めた。カチッと音がして、ドアの辺りだけがポッと明るくなる。

「そのまま真っ直ぐ進んで下さい。ソファがあります」

淳一は、相変らず暗がりから声をかけた。

「どうも……。お手数かけて」

と、その男は、いささか頼りなげな足取りで進んで来ると、ソファを見付け、やっと座って息をついた。

ぼんやりと見える男の様子は、六十代の半ばくらいの、やや影の薄い男。身なりは上品で、いい背広を着こなしているが、押出しがいいとはとても言えない。小柄というだけでなく、どこか遠慮がちな印象を与えるのだ。

「お話をうかがいましょう」

と、淳一は言った。

「はあ……。私は倉沢健吾といいまして、ある会社の社長をやっています」

と、その男は言った。「社長といいましても、実質上のオーナーは私の女房でしてね。私は先代の社長の希望で養子に入った、というわけです」

「なるほど」

正直なところ、淳一としては、そんな話はどうでもいいので、何を盗んでほしいのかだけ聞けば充分なのだが、こういうタイプの男は、律儀《りちぎ》に頭から話さないと気がすまないのだと分かっていたので、好きなように話をさせておいた。

「女房は貴子《たかこ》といって、今、五十八歳です。ああ、私はもう六十五の年寄りですが」

「いや、お若いですよ」

と、適当にお世辞を言ったりする。

「こりゃどうも。――和紀《かずのり》という息子がいるのですが、三十になるのに、母親からこづかいをせびって、遊んでいます。困ったもので……」

と、ため息をついてから、「あ、いや、本題に入りましょう。実は明日、アメリカの企業に注文しておいた、当社の新製品の試作品が成田へ着きます。私が受け取って、車で本社へ運び、そこで幹部全員の前で開ける、という手はずです。女房の貴子も、取締役として出席しているので、午後一時、という時間には本社へ到着しなくてはなりません」

「それで？」

「その試作品を、途中で盗んでほしいのですが」

淳一は、ちょっと考えて、

「相当に大きなものですか」

「いや、大きさはタイプライターくらいのものです。多少重いかもしれませんが、一人で持てない重さではないはずです」

「分かりました」

淳一は、肯《うなず》いて、「そう難しいこととも思えませんが……。その品はどうすればいいんです？」

「夕方には本社へ届けてほしいんですが」

「何ですって？」

淳一は面食らって、「盗んで、また返すんですか」

「そうです。他の人が持っていても、さっぱり値打のないものですから」

「つまり……」

「私としては、夕方まで、その品物がなくなってくれればいいのです」

と、倉沢健吾は言った。

「夕方までね。——じゃ、ご自分でどこかへ隠してはどうです？」

「それが、できないんです。私一人ではないもので。一緒に重役と秘書が同行しているのです」

「なるほど」

淳一としては、どうしてそんな厄介なことをするのか、までは訊く必要がない。

「ま、いいでしょう。——では、成田に到着する時間を教えて下さい」

と、言った。

いくつか細かい点を確かめてから、淳一は倉沢に引きとってもらった。

「——妙な話だ」

と、明りをつけ、淳一は呟いた。

しかしあの倉沢という男、根っから人のいい、正直な人間のように見えた。なぜ会社の大切な品物を、一日の数時間だけ盗ませたいのだろうか。

しかも、その間は淳一がそれを持っているわけだから、その品に何か細工をすることもできないのだ。

何かいわくありげだな、と淳一は思った。——まあ、そう面倒な仕事にはなるまいが……。

「――うん、そうなんだ。ちょっと打ち合せで手間どりそうだから、今日は社へ戻らない。――ああ、よろしく言っといてくれ」

2

そう言って電話を切ると、倉沢和紀は口笛など吹きながら、ホテルの部屋に置いてある冷蔵庫を開け、ビールを出して飲み始めた。

約束の時間を、二十分も過ぎている。でもあの女はいつも三十分以上遅れて来るのだ。待つだけの値打は充分にある女だし、それにこっちは少しも急いじゃいない。

ネクタイを外して、その辺に放り投げると、もう会社や仕事のことなど頭から吹っ飛んでしまう。もともとしっかりしがみついているわけでもないのだから、吹っ飛ぶのも簡単である。

三十歳という年齢にしては、倉沢和紀は腹が出て、太っている。飽食の見本みたいなものだろう。

一応、父親が社長をつとめる会社で、課長をやっているのだが、ろくに仕事はなかった。任せても、やらないので、何も任されなくなったのである。当人もそれを喜んでいるのだから、救い難い。

こうして、まだ午後三時だというのに、ラブホテルで、この前バーで知り合って、即座にホテルへ連れ込んだ女と待ち合せている。

これで夜まで遊んで帰っても、母親が、

「まあ、和紀ちゃん、疲れたでしょ、こんなに遅くまで働かせて、お父さんたらひどいわね」

なんて言ってくれる。

これで息子がだめにならなきゃ奇跡というものである。

「早く来てくれないと酔っ払っちゃうな」

と、勝手な心配をしていると、ドアをノックする音。

パッと立って行ってドアを開けると、

「遅くなって、ごめんなさい」

と、あの女がはにかむような笑顔を見せて立っている。

「ちっとも構わないよ」

とたんにニヤニヤしながら、和紀は女を中へ入れた。「――ビールを飲んでたんだ。君もどう？」

「そうね。でも——」

女は、少しためらってから、いきなり和紀に飛びつくように抱きついて来た。危うく和紀は引っくり返るところだった。

「ねえ、会いたくて待ち切れなかったの！——すぐに抱いて。それからゆっくり寛《くつろ》ぎたいのよ」

甘い声で言われると、ただでさえしまりのない和紀の顔がますますゆるんで来る。

「そ、それじゃ、シャワーを浴びて——」

「そんなに待てない！」

女はパッパと服を脱ぎ出した。さすがの和紀も少し面食らったが、なに、遠慮という言葉ののっていない辞書の持主である。勢い込んで、女を特大サイズのベッドに押し倒して……。

トントン。——トントン。

「ドアをノックしてるわ」

と、女が言った。

「誰だろ？」

「出てみてよ」

「うん」

和紀はドアの方へ歩いて行き、「――どなた？」

と、ドア越しに訊いた。

「お飲物を持って参りました」

という声。

「頼んでないぜ」

「支配人よりのサービスでございます」

「へえ、気がきくね」

和紀がドアを開ける。――とたんに、和紀の体は凄《すご》い勢いで、部屋の真中まで突き飛ばされて転がって行った。

「――何だよ、おい！」

目を白黒させて起き上がった和紀は、かなり迫力のある、一見してヤクザと分かる男たち三人が目の前に立っているのを見て、唖然《あぜん》とした。

「おい、いい度胸してるじゃねえか」

と、少しチンピラ風の一人が、前へ出て来た。

「あの――何の話？」

「とぼけるな！」

　と怒鳴られて、たちまち和紀は真っ青になってしまった。

「すみません……」

「兄貴の女に手を出したからにゃ、それ相当の覚悟があってのことだろうな」

「兄貴の女？」

「そうさ」

　真中に、白いスーツで立っているサングラスの男が肯いて、「この女は俺が可愛《かわい》がってるんだ」

　ベッドでは、半裸の女が、毛布を引っ張り上げて、胸を隠して小さくなっている。

「ぼ、僕は――そんなこと知らないよ！」

　と、和紀が後ずさる。

「知らない、じゃすまねえぞ」

　と、チンピラが言った。「あの女がほしきゃ、兄貴と勝負することだな」

「勝負？――五目並べか、ババ抜きならできるけど」

「ジョークの好きな奴《やつ》だ」

　と、白いスーツの「兄貴」が笑った。「ナイフがいいか、それとも日本刀か？　素手でもいいぜ、俺《おれ》は元ボクサーだ」

　和紀がガタガタ震え出した。

「そ、そんなこと……。あの——もう、その人のことは諦《あきら》めます！　もう会いません から——」

「これからのことを言ってるんじゃねえ。この前も会ったんだろう？　抱いた以上、その分の落し前をつけてもらわねえとな」

「で、でも、勝負なんて……」

「いやなら、指をつめてもらおうか」

　シュッと白刃が光って、和紀の目の前にストンと突き立った。和紀は完全に腰が抜けてしまった。

「あの……お金なら出すよ。——いくら出せば？　五千円？　一万円？」

　自分で稼いでいないと、却《かえ》ってケチなものなのである。

「そうだな。俺の顔に泥をぬったんだから、安くまけても一千万だ」

「一千万……円？」

「指をつめるか」

「待って！　払うから！　払いますから！」

「じゃ、ここで、一千万、現金で払え。後払いは認めないぜ」

「あの……ちょっと電話をかけていい?」

「ああ、早くかけな」

「腰が……抜けて歩けないんだ」

「情ねえ野郎だ。おい、そこの電話を取ってやれ」

——和紀が電話をかけ始めると、三人のヤクザは、ソファにのんびりと寛いだのだった……。


「失礼いたします」

ドアが開くと、メガネをかけた、一見銀行員風の、三《み》つ揃《ぞろ》いを着た男が、入って来た。

「竜野《たつの》さん!——来てくれたんだね」

和紀はホッと息をついた。「生きた心地がしなかったよ」

「おいおい」

と、白いスーツのヤクザが言った。「何も乱暴なことはしてないぜ。そうだろ?」

「どうもこの度は、ご迷惑をおかけしまして」

竜野という男は、頭を下げて、「私は専務の竜野と申します。和紀さんのことを、社長の奥様より頼まれておりまして」

「ふん、なかなか話の分かりそうな男だな」

「恐れ入ります」

「金は持って来たのか」

「こちらに」

と、竜野はアタッシェケースを開けた。

札束が並んでいる。

「いい眺めだな。――おい、いただいとけ」

二人のチンピラが、札束をあちこちのポケットへねじ込む。

「――ま、こいつもこれが初めてらしいからな。これで勘弁してやるぜ」

と、立ち上がって、「今度、面倒を起こしたら、この三倍じゃきかねえ」

「よく、こちらでも注意いたしますので」

と、竜野は深々と頭を下げた。

「よし。――おい、行くぞ」

と、服を着て、ベッドに腰かけていた女に声をかける。

三人のヤクザが女を連れて出て行くと、和紀はハンカチを出して、額《ひたい》を拭《ぬぐ》った。

「冷汗かいたよ！——ありがとう、竜野さん」

「いいですか、和紀さん」

と、竜野は首を振って、「身もともろくに分からない女に手を出すと、こうです」

「もうこりたよ」

と、情ない顔で言った。「でも、あの金は……」

「ご心配なく。会社の金ではありません。一千万も使途不明金が出ては、奥様が見逃《みのが》されはしませんよ」

「じゃあ、どこから？」

「私のポケットマネーです」

「そんな！——それじゃ申し訳ないよ。お母さんに言って出してもらうから」

「その代り、和紀さんはどうなります？　当分、どこかきつい仕事へ回されてしまいますよ」

「そうか……」

「いくら奥様でも、こんなことで大金を使うのをお許しになりません」

「そうだね……。本当にすまない」

いつものことではある。——何かやらかすと、和紀は竜野に頼んで、そっと処理してもらうのだ。

「しかし、一千万はいくら私にとっても大金です」

と、竜野は言った。

「そりゃそうだね」

「どうでしょう、和紀さん」

と、竜野が言った。「返して下さいとは申しません。その代り、私が少々儲《もう》けるチャンスを作って下さい」

「僕が？　そんなこと——」

「大丈夫。そんなに難しいことではありません。それに和紀さんの懐《ふところ》は、全く痛まずにすみます」

「そんなうまいこと、あるの？」

何しろ人生は、「楽をするためにある」と信じている和紀である。

「夕食でもどうです」

竜野は、ポンと和紀の肩を叩《たた》いた。「ゆっくり相談しましょう」

「うん……」

和紀は上衣を手にとると、「竜野さんには、いつも助けられてばっかりだな。感謝してるよ……」

と言いながら、一緒に部屋を出ようとして、

「あ、そうだ」

「忘れものですか？」

「ビール一本飲んだんだ。払っといてくれる？」

と、和紀は言った……。

3

「何だって？」

倉沢健吾は新聞を見ていたが、思わず息子の顔を見つめた。「今、何て言ったんだ？」

「うん……」

和紀は、咳払《せきばら》いをして、「明日、父さんが成田へ行くんだろ？　僕もついて行きたいと思ったんだよ」

「しかし……何しに行くんだ？　空港に何か面白いもんでもあるのか」

「そうじゃないよ」

和紀は、いささか心外という顔をして、「僕だって、もう三十歳だよ。一応課長っていうポストにいるのに、これまではろくに仕事もしないで、お母さんからこづかいまでもらってた。これじゃいけない、と思ったんだ！」

「しかし――」

「だから、これからはお父さんについて歩いて、仕事を覚えようと思ったんだ。明日はアメリカから大切な試作品が届くんだろ？　僕もぜひ一緒にそれを受け取りたいんだよ」

和紀の話を聞いていた母親の貴子が、ここまで聞いて、

「和紀ちゃん！」

と、甲高《かんだか》い声を上げた。

倉沢健吾がびっくりして、思わず新聞を取り落としてしまう。

「すばらしいわ、和紀ちゃん！　お母さんはね、あんたがそう言ってくれるのを待ってたのよ！」

と、息子に抱きつかんばかり。

和紀の方もさすがに、それは遠慮したいとみえて、ちょっと後ずさり、

「じゃ……明日、一緒に行くよ。いいんでしょ？」

と、父親の方に確かめる。

「ああ……。構わん」

と、倉沢は言った。「朝が少し早いぞ。何しろ成田は遠い」

「うん。もう今日は寝るよ」

と、和紀は言って、「おやすみ」

と、居間を出て行った。

「――九時半に寝るのか？」

と、倉沢は呆れて、「あいつ、大丈夫なのかな」

「疑ってるの？」

と、貴子は迫力のある体格で、じっと夫ににらみをきかせる。

「いや……そうじゃないが」

と、倉沢は首を振って、「ただ、突然、あんなことを言い出すから」

「大人になったのよ。――そういう時が必ず来ると思ってたわ」

貴子は感慨深げである。

「そうかな……」

倉沢は、いささか当惑気味に、そう呟いた。

「明日は誰と誰が行くの？」

「うん？　私と、専務の竜野君だな。それと秘書の川崎《かわさき》君」

「ああ、あの生意気な子ね」

と、貴子は顔をしかめる。

「そんなことはない。優秀だよ」

「でも不愉快だわ。ちょっと可愛い顔してると思って、つけ上がって」

要するに美人であるのが気に入らないのである。「ともかく、ちゃんと和紀ちゃんを連れて行ってね」

「分かってる」

と、肯いてから、倉沢は、「あいつが、ちゃんと起きればな」

と、小さい声で付け加えた。

「お風呂《ふろ》へ入るわ」

貴子がカバ顔負けの大欠伸《おおあくび》をして居間から出て行くと、倉沢は少し不安げな様子になって、考え込んでいた。

それから、そっと廊下を覗《のぞ》き、貴子が二階へ行ったのを確かめると、居間のドアを閉めて電話をかけた。

「——もしもし」

と、倉沢は言って、表情が和《なご》んだ。「——どうだい、仕度は？　ちゃんとすんだ？　そりゃ良かった。明日は——うん。予定通りだね。——ああ、何としても駆けつけるから。心配するなよ。——うん、分かってるよ」

倉沢の笑顔は、いかにも暖かかった。

「じゃ、明日。——ああ、そうしよう」

倉沢は電話を切った。

その顔には、しばし、ほのぼのとした感情が漂っているように見えた……。


「ほら、早く早く！」

と、真弓が叫んだ。

「はい……。急いでます！」

「のんびりしてちゃだめよ！　犯人は逃げちゃうわ！」

「はい！——ワッ！」

道田が、つんのめって転んだ。

「道田君！　しっかりして」

と、真弓が駆け寄る。

「真弓さん……。僕に構わず、行って下さい……」

と、道田は完全に息切れしている。

「でも道田君――」

「いいんです！　僕はここで倒れても……。真弓さん、早く！」

力尽きて、という感じ。

「分かったわ」

真弓は立ち上がって、「必ず迎えに来るからね！」

と言うと、真弓は駆け出した。

ここは、サハラ砂漠――ではない。成田の空港の中である。

通りがかりの旅行客は、床にへたり込んでいる道田を、不思議そうに眺めている。

道田がこんなにのびているのに、真弓は元気一杯、到着ロビーへと駆けつけて来る。

「もう遅かったかしら」

と、案内板を見て、「――あら」

十時着、と思っていたのだが、よく見ると、〈16・00〉になっている。〈10〉と〈16〉を見間違えたらしい。

「何も急ぐことなかったんだ。――損した」

と、ブツブツ言っていると、

「ちょっと失礼」

と、荷物用のカートを押した作業服の男が声をかけた。

「あ、失礼」

と、真弓はわきへどいたが……。「あなた！」

「何だ。こんな所で何してるんだ？」

と、淳一は言った。

「あなた……仕事？」

「そうさ。お前は？」

「容疑者が帰国するのを待つつもりだったんだけど、時間、間違えちゃって」

「相変らずだな」

と、淳一は笑った。「――一人か？　道田君は？」

「向うでのびてるわ」

「どうして？」

「疲れたのよ。急いで駆けつけたから。途中でバッタリ」

「ふーん」

淳一は肯いて、「それにしちゃ、お前は元気だな」

「うん。だって、私、車椅子《くるまいす》借りて、それに座ってたの。道田君がずっと押してくれてたから、楽だったのよ」

「なるほど……」

と、淳一は納得した。「おっと、どいててくれ。手早く片付ける」

「はいはい。頑張って」

刑事が泥棒の仕事を応援するのも妙なものだ。

到着出口から、ビジネスマンの一団が次々に吐き出されて来る。

それを待ち受ける人たちの中に、倉沢健吾と、息子の和紀、そして専務の竜野の姿があった。

少し離れて、到着口を見守っていた女性――川崎良子《よしこ》が、

「あ、みえました」

と、倉沢の方へ声をかけた。

「そうか。良かった！」

倉沢はホッとした様子になる。

ぐっと背丈も胸板もあるアメリカ人が、軽々と、その包みを下げてやって来た。

倉沢が握手をし、言葉を交わした。川崎良子の通訳つきだ。

「――これが息子の和紀です」

と、倉沢が紹介しようとすると、

「フワア……」

和紀が大欠伸をしていた。

何しろ夜ふかしが普通になっているのに、突然朝の七時に起こされては、とても体の方がついて行かないのも当然だろう。

川崎良子が、少し顔を赤らめながら、和紀を紹介した。そして竜野が英語で自己紹介する。

「では、参りましょう」

と、川崎良子が先に立って歩き出す。「車を正面に回しますので、お待ちになっていて下さい」

川崎良子が空港のターミナルを出て、駐車場へと歩き出す。

「失礼」

と、淳一がカートを押して、倉沢たちの前を通り抜けた。

アメリカ人の前を通る時、淳一の手の中に忍ばせていた注射針がアメリカ人の腕に、背広を貫いてプツッと刺さった。

ウッと一声、アメリカ人の巨体がドサッと引っくり返り、手にしていた荷物が床を滑って行った。

淳一がパッと駆けつけて、その荷物をつかむと、アッという間に人ごみの中へ姿を消した。――誰もが呆気にとられて、追っかけることも忘れている。

――少し離れて眺めていた真弓は、

「さすがだわ！」

と、感心している。

もちろん、あのアメリカ人は一旦《いったん》眠っただけで、すぐに気が付くはずである。

「――真弓さん！」

という声に振り向くと、道田が、まだ青い顔をしてフラフラとやって来た。

「道田君、大丈夫？」

「ええ……。奴は？　間に合いましたか？」

真弓は、ちょっと詰った。さすがに、時間を間違えていたとは言いにくい。

「あのね――飛行機が遅れるんですって。早すぎるくらいだったわよ」

「そうですか！――良かった！」

と、またヘナヘナと座り込んでしまう。

「ちょっと！　しっかりして」

と、真弓はあわてて手を貸して道田を立たせてやった。「少し休みましょ。何か食べた方がいいんじゃない？」

「そ、そうですね……」

道田は、かすれた声で、「朝から、何も食べてないんです」

「じゃ、どこかレストランを捜しましょ」

と、歩き出すと、

「やあ、珍しいじゃないか」

見れば淳一である。パリッとした三つ揃いで現われたので、真弓は目を丸くした。

「あなた、今……」

「どうした？　道田君、顔色が良くないぜ」

と、淳一は言って――ふと倉沢たちの方へ目をやった。

倉沢が電話をして戻って来た。

「とんでもないことになった……。今、家内へは連絡したよ」

「どういたしましょう」

と、竜野が言った。「警察へ届けますか？」

「いや、それはまずい」

と、倉沢は首を振って、「あんな物を、わけも分からず盗む奴はいない。きっと買い戻せと言って来るだろう」

「それはそうですね。では……」

「君、息子を連れて会社へ戻っていてくれないか。私は、もう少しこの辺を回ってみる」

「かしこまりました」

竜野は、まだ欠伸している和紀を促して歩いて行く。

倉沢は、川崎良子の方へ、

「すまんね。妙なことに付合わせて」

と、言った。

「いいえ。社長、でも急がないと」

「うん。――間に合うかな」

二人が急いで歩き出すと、

「失礼」

と、真弓が声をかけた。

「は?」

「お急ぎですか」

「ええ、まあ……」

「じゃ、お送りしますわ」

と、真弓は言った。「たぶん、私の車は一番速いと思います」

4

本当に来てくれるだろうか。

原田《はらだ》涼子《りょうこ》は、何度も講堂の入口の方へ目をやっていた。

今は園長先生のお話で、岐子《みちこ》は、まだ床に足もつかない椅子に座って、それでもきちんと、真面目《まじめ》な様子で先生の話を聞いている。

もうじき話が終ると、新入園児の一人一人が呼ばれて先生と握手をする。その時の岐子を、何とか見てほしいのだが……。

「――では、みなさんの一人一人を、この幼稚園にお迎えしましょう」

と、園長は話をしめくくった。

ああ、やっぱり無理だった。涼子は、ちょっとため息をついた。

仕方ない。忙しい人なのだ。決して多くは望まない、と約束したのではないか。

あの人は、あの人なりに精一杯誠実でいてくれる……。

一人ずつ園児が呼ばれて、先生と握手をする。拍手が切れ目なく続いた。

もうすぐ〈原田岐子〉の番が来る。

すると――どこか遠くで、サイレンが聞こえた。パトカーだわ。

その音はどんどん近付いて来て、やがてピタリと止った。――この近くかしら？

何事だろう？

そこへタタタッと足音がして、

「すまん」

と、息を弾《はず》ませて倉沢がやって来たので、涼子はびっくりした。

「まあ……」

「まだか？」

「今――ちょうど――」

先生が、

「原田岐子さん」

と呼んだ。

「はーい」

返事はひときわ立派だった。そして園長先生の方へ歩いて行って、しっかりと握手をする。

「やったな……」

と、倉沢が肯いて言った。

席へ戻る時、岐子が涼子の方を見た。そして倉沢の姿を見ると、嬉《うれ》しそうに笑って大きく手を振った。他の父母が笑う。

倉沢は、しっかり手を振って応《こた》えてやった。――その目には涙が光っていた。そして涼子の目にも……。

「――間に合って良かったわ」

と、講堂の入口で、川崎良子は言った。「ありがとうございました」

「いいえ」

と、真弓は楽しげに、「パトカーも市民の財産ですから」

サイレン鳴らしてやって来たのだ。早いはずである。

「あの子は、倉沢さんの――」

「お子さんです」

と、川崎良子は言った。「社長は、いつも奥様に言われる通りで……。気のやさしい、いい方なんですけど、社長という器じゃないんです。当人が一番よくそれをご存知なのに――」

「あの女性は？」

「前の秘書です。倉沢さんを慕うようになって、やがて奥様に気付かれてクビになりました。でも、愛人のままでいい、と言って、あの子を生んで……」

「そうなの」

「本当にいい人なんです。私が何かと連絡役をしているんですの」

真弓は肯いて、

「あなたもいい人ね」

と、言った。

「でも――刑事さんなのに、こんなことにパトカーを」

「ちょっと知り合いに頼まれて。気にしないでね」

と、真弓は言った。「じゃ、成田へ戻るわ。本業が待ってるので」

「本当にお世話になって」

と、川崎良子は頭を下げた。

――式がすんで、記念写真をとることになった。

園庭に出て、暖かい春の日射《ひざ》しの下で、椅子が並べられる。

「――社長」

と、川崎良子は声をかけた。

「やあ。何とか間に合ったよ。あの刑事さんは？」

「さっき帰られました。私、先に社へ戻っていましょうか」

「しかし――」

「社長は心当りを回って、必死で捜しておられる、と言っておきます」

倉沢は微笑《ほほえ》んで、

「すまんね」

と、言った。「三人で、何か飲んで帰りたい」

「ごゆっくり」

川崎良子は、涼子の方へ会釈して、「せっかくの晴れの日ですもの」

「そうだな」

と、倉沢は肯くと、

「パパ！」

と駆けて来た岐子を、ヨイショと抱き上げた。

川崎良子は、足早に幼稚園を出るとタクシーを停《と》め会社へと向った。

園庭での子供たちのはしゃぐ声が、表の通りにまで聞こえて来る……。


「――これか」

と、その男は言った。

「中を確かめてくれ」

と、竜野は言った。

「もちろんだ」

男はボストンバッグを開けて、中から毛布でくるんだものを取り出した。

ホテルの一室。竜野とその男の話を、そばにいた倉沢和紀は、落ちつかない様子で聞いている。

「――こりゃみごとだな」

毛布を取ると、機能美を感じさせるデザインの機械が現われる。

「どうだね」

と、竜野が言った。

「いい手みやげだ」

と、男は肯いた。「金は、君の口座に振り込ませてもらう」

「よろしく」

「あの……」

と、和紀は竜野をつついて、「竜野さん、それは――」

「これですか？　もちろん、今度のうちの新製品の試作品ですよ」

と、竜野は言った。

「でも……さっき盗まれたのは？」

「その前に、ちゃんとすりかえてあったんです。盗んだ奴は馬鹿ですな」

「それをどうして……」

「こちらは、うちのライバル、K社の重役ですよ。私は今度、K社へ迎えられることになってましてね」

「何だって？」

「そのための手みやげです。これで、あなたに貸した一千万は帳消しにしてあげますよ」

「そんな——。じゃ、初めから、そのつもりで？」

と、和紀は真っ赤になって、「お母さんに言ってやる！」

「どうぞ。あなたがこれまでにやったこと、全部ばらされてもいいんですか」

と、竜野は涼しい顔で、「それに、あのヤクザは私とも親しくてね。会社にまで押しかけるかもしれませんよ」

「じゃ……あの女のことは……」

「もし、あなたのお母さんが私を訴えようとした時の、取り引き材料になりますからね」

と、竜野は立ち上がった。「では、会社へ戻りましょう」

和紀は呆然《ぼうぜん》として座り込んでいた。

竜野は振り返って、

「行かないんですか？」

「誰がお前なんかと！」

「じゃ、タクシー代はお持ちですね」

「——一緒に行く」

と、和紀は、竜野を追いかけて部屋を出て行った……。

「あれじゃ、あの会社も先がないな」

と、品物を自分のバッグへしまい込んだ重役は、独り言を言った。「さて、行くか」

「ちょっと待てよ」

と、どこかで声がした。

「——誰だ？」

と、キョロキョロしている。

クロゼットの扉が、スッと開いた。


「——何ですって？」

倉沢貴子は、ジロリと川崎良子を見上げた。「主人は一緒じゃないっていうの？」

「はい。心当りを当ってみるとおっしゃいまして」

貴子は、社長の椅子にどっしりと腰をおろしていた。——まるで、ずっとそこに座っていたかのように。

「分かってるのよ」

と、貴子は言った。「あんたもグルなんだね」

「何のことか……」

「とぼけないで！」

貴子は、バン、と机を叩いた。引出しの寸法が、大分狂ったかもしれない。

「原田って女よ。――原田涼子。フン、ちゃんと調べてあるんだから」

川崎良子は、少し青ざめた顔で、しかし臆《おく》することなく貴子を見つめた。

「今日は、あちらのお子さんの入園式だったんです」

「入園式？――幼稚園か。もうそんな年齢なのね」

「社長のことを――」

「私はあちこちコネがあるわ。その子がその幼稚園にいられないようにしてやる」

川崎良子は唖然とした。

「そんなひどい……。子供に罪はないじゃありませんか」

「生意気言うんじゃないの」

と、貴子は良子をにらんで、「うちの主人には力なんかないんだってことを、思い知らせてやるのよ、原田涼子にね」

「奥様――」

「あんたは黙ってて。どうせクビよ」

良子は、息をついた。

「クビですか」

「あんたも主人とできてるの？」

良子は、ゆっくり首を振った。

「いいえ。――でも、私も社長をお慕いしています。あんないい方は、めったにおられません」

「物好きね」

「お分かりにならないのは奥様だけです」

「何ですって？」

「社長さんのすばらしさを、少しも理解しておられないんです。あの方を少しでも分かっていたら、こんな飾りものの社長のポストにつけたりなさらないはずです」

「黙りなさい！」

と、真っ赤になって貴子は怒鳴った。「クビだと言ったわ！」

「私は社長に雇われているんです」

と、良子は言い返した。「奥様にではありません」

二人の視線が火花を散らした。

そこへ——ドアが開いて、

「失礼します！」

と、課長の一人が駆け込んで来た。

「何？　うるさいわよ」

「は、はあ……。あの——」

「何なの！　早く言いなさい！」

「実は今——大変なことが」

と、おろおろしている。

「試作品のことなら知ってるわ」

と、貴子が言った。「主人が会社をさぼるための口実よ」

「いえ、そうではなくて——」

「何なの？」

「今、連絡が入りまして、殺されたと」

——貴子は目をパチクリさせて、

「誰が？」

と、訊いた。


「ついでに現場に寄れ、なんて！」

と、真弓はブツブツ言っている。「お使いじゃないのよ、全く！」

「全くです」

と、道田が同調した。

「課長もひどいわね」

二人は、ホテルのロビーへ入った。カウンターに声をかけると、支配人が飛んで来た。

「——警視庁の者です。通報いただいたのは？」

「私です」

と、支配人が言った。「発見は部下です。どうしましょう、と駆けつけて来たので、すぐにご連絡した次第で」

「結構ですね。案内して下さい」

「こちらです」

支配人の案内で、エレベーターで七階へ上がる。――廊下へ出ると、カーペットに、背広姿の男が突っ伏している。

「発見したのは？」

と、真弓が訊く。

「ルームサービスを届ける途中のボーイでして。誰かの争う声を聞いたと言っていますが、逃げる人間などは見ていません」

「話は直接うかがいます」

真弓は、うつ伏せの死体の状況を調べて、「――頭を殴られてるわ。ひどくへこんでるし」

「凶器は何か重いものですね」

「そうね。この被害者の身許《みもと》を」

真弓が死体を仰向《あおむ》けにする。「――あれ？」

「どうかしましたか？」

「この人……。空港で見たわ」

そうだ。――あの社長の息子と一緒に、先に空港を出た男である。

真弓は、男の上衣の内ポケットから札入れを出した。

「竜野。——そう、こんな名だったわ」

「じゃ、誰が犯人か、一緒にいた、その社長の息子が知ってるかもしれませんね」

「今はいないみたいよ」

と、真弓は言った。「犯人を知ってるか、それとも自分が犯人か、ね」

5

「申し訳ありません、社長」

と、川崎良子がうなだれて、「つい、奥様と言い争いを……」

「いや、いいんだよ」

と、倉沢は微笑んだ。「どうせ知られていたんだからね」

「でも、お子さんのことが——」

「うん。貴子によく頼んでみるよ。まあ、あいつも、そんなひどいことはしないと思う」

社長室には、倉沢と川崎良子の二人だけがいた。——貴子は、夕方から、改めて重役会を開く、と宣言して帰ってしまっていた。

「しかし、竜野君が殺されたなんて、信じられないな」

「あの人は信用しておりません、私」

と、良子が言った。「和紀さんのことを、いつも世話しているようなふりをして、実際には悪いことに引っ張り込んでいたんじゃないでしょうか」

「そうかね……。ま、あそこまでのし上がって来る奴だ。そりゃ裏もあるさ。しかし、有能には違いなかったよ。——彼が抜けると、困ったことになる」

「和紀さんのことも心配です。どこへ行ってしまわれたのか」

「そうだね。竜野と一緒だったわけだが……。どこへ行くったって、小さいころから、すぐ迷子になる奴だったんだが」

ドアがノックされ、良子が行って開けると、

「あら、さっきの……」

「どうも」

入って来たのは真弓である。

「やあ、先ほどはありがとうございました」

と、倉沢が立ち上がって頭を下げた。

「実は、本業の方でうかがったんです」

と、真弓は言った。「竜野さんという方が殺されたのをご存知ですね」

「今聞いて、びっくりしていたところです」

「息子さんが一緒におられて――」

「そうなんです。どこかで迷子になってるのかも……。保護でもされましたか?」

三十にもなって保護されてちゃ大変だ。

「実は――現場になったホテルで、竜野さんは、こちらのライバル企業の重役と会っていたようです」

「ほう……。何か仕事の話で?」

「竜野さんはそちらに引き抜かれることになっていて、その手みやげ代りに、今回の試作品を売ることになっていたそうです」

「――何ですって?」

倉沢が啞然とした。

「空港で盗まれたのは偽物で、本物はその前に、竜野さんがすりかえておいたらしいんです」

「あの竜野君が……」

「それを、一緒にいて聞いていた息子さんと竜野さんがホテルの廊下で口論していたのを、近くの部屋の人が聞いています。その少し後に、叫び声と人の倒れる音がした、と」

「つまり……」

「竜野さんを殺したのは、息子さんらしい、ということなんです」

倉沢はしばし黙り込んでしまった。

「社長――」

と、良子が声をかけようとすると、ドアがパッと開いた。

「あなた！　重役会よ！」

貴子の声が、社長室を揺がすように響きわたった。


「結局――」

と、重役の一人が言った。「肝心の試作品はどうなったんですか？」

倉沢は、ため息をついて、

「全く申し訳ないことだが、試作品は盗まれて、他社の手に渡ってしまったらしい」

重役会の席がどよめいた。

「大変な損害だ……」

「訴えては？」

「しかし、表沙汰《おもてざた》になると——」

と、あちこちで短い会話が飛び交った。

「私としては……」

と、倉沢が言った。「この責任をどう取るか、家内と相談した上で決めたいと思っている。ここにいるみんなには全く申し訳のないことで——」

川崎良子が、たまりかねて口を出そうとした時、

「失礼します」

と、ドアを開けて、受付の女性が顔を出した。

「なに？」

と、良子が立って行くと、

「今、これを受付に男の人が」

と、重い包みを良子に渡した。

「そう。——ありがとう」

分かっている。倉沢が頼んだ男が、届けて来たのだ。しかし、これはもともと偽物

なのである。

「何かね?」

と、倉沢が訊いた。

「あの――何か包みが」

「そうか。開けてみたまえ」

「でも、社長……」

「いいから、開けてみてくれ」

「はい」

かけてある紐《ひも》をといて、包みを開けると、四角い箱が現われる。そして箱から取り出したのは……。

「――何だ」

と、重役の一人が言った。「例の試作品じゃないか」

「本当だ!」

「私が見ましょう」

と、技術部長が席を立ってやって来た。「自分で設計したものですから」

そして製品を調べると、しっかりと肯いて、

「間違いありません。これは本物です」

ホッとした空気が広がった。

「良かった。無事に我々の手に戻ったわけだね」

と、倉沢が言った。「川崎君、それをここへ」

「は、はい」

呆然としていた良子は、あわてて試作品を倉沢の前に運んで行った。

「——これは、我が社にとって、救世主とでも言うべき製品になるだろう。ぜひ早期に量産体制に入れるようにしたい」

誰しも異存はないようだった。

だが——一人、言葉もなく、その成り行きを見ていたのは妻の貴子だった。

「待って！」

と、貴子が怒鳴《どな》った。「そんな馬鹿な！」

誰もが当惑げに顔を見合わせる。

「どういう意味だね？」

と、倉沢が目をパチクリさせて、「これが戻ったんだ。良かったじゃないか」

「こんなことってないわ！　それは——偽物よ！」

と、興奮して立ち上がる。

「いや、本物です」

と、技術部長がくり返す。

「だって……そんなことが……」

貴子は、赤くなったり青くなったりしていたが、やおら奥のドアの方へ大股《おおまた》に歩いて行くと、パッと開けた。

「これはどういうこと！」

青くなっているのは和紀だった。

「お母さん……。僕は知らないよ」

と、必死で首を振る。

すると、

「ご説明しましょう」

と、声がした。

いつの間にか、真弓が入って来ていたのである。

「警視庁の者です」

と、会釈して、「倉沢貴子さんは、この会社を倒産させるつもりだったんです」

「何だって？」

と、声が上がった。

「しかし、夫人はこの会社の……」

「業績の不振が続いたのと、人員整理の必要性から、ライバルの企業と合併することを思い付き、そのために竜野専務がこの機械をその会社へ売り込むようにしむけたんです」

「じゃ、専務は利用されていたんですか？」

と、良子が言った。

「その通り。当人はヘッドハンティングされていると思っていましたが、実は貴子さんの指図によるものでした」

「でも、なぜそんなことを……」

「自分の責任でなく、この会社を倒産させたかったのです。人を大幅に減らせるし、残った人たちから恨まれることもない」

「嘘《うそ》よ！」

と、貴子が青ざめながらも、強がって見せた。

「ちゃんと、相手企業の重役の自供がとれています」

と、真弓は言った。「計算外だったのは、竜野が雇っていたヤクザが、この件をかぎつけて、金をゆすろうとしていたことです。そこで、あなたはいずれ邪魔になる竜野を消させることにした」

「そんな……」

「そのヤクザも、逮捕しております」

ドアが大きく開いて、道田が白いスーツの男を引っ立てて入って来た。

「その代り、言っておかなかったので、息子さんのいる目の前で竜野が殺され、息子さんはその容疑をかけられることになりました。――和紀さんは、何でも言われた通りにしかできない人です。その場でどうしていいか分からず、逃げ出してしまった」

「お母さん……」

ヘナヘナと、和紀が座り込んでしまった。

「ですが、奇特な人がいまして」

と、真弓が続ける。「すりかえられたその試作品を奪い返して、ここへ届けたのです」

貴子は、ぐっと胸を張ると、

「この会社は私のものよ！　どうしようと勝手だわ！」

と、上ずった声で言った。

「いや、それは違う」

と言ったのは倉沢だった。「ここを作ったのはお前でも、今、この会社を動かしているのは一人一人の社員だ。この会社は、お前一人のものじゃない」

「あんたは黙ってて！」

「貴子さん」

と、真弓は言った。「倒産工作まではともかく、竜野を殺させたのは大きな罪です」

「私は……」

と言いかけて、貴子の体から徐々に力が抜けて行った。

そして両手で顔を覆うと、呻《うめ》くように言った。

「この子に……とてもこの会社はやっていけない、と……。この子が継ぐ前に、何とかしなくては、と……」

「ご同行願いますよ」

と、真弓は言った。「和紀さんにも。色々うかがうことがあります」

——真弓が、貴子と和紀を促して出て行く。

しばし、誰も口をきかなかった。

「社長……」

と、良子が言った。

「私にも、責任はある」

と、倉沢が言った。「指導力が足りないばかりに……。誰か、この椅子に座る者を、君たちで選んでほしい」

誰もが顔を見合わせた。

「社長」

と、技術部長が言った。「他にふさわしい人間はいませんよ。辞《や》めないで下さい」

「――そうだ」

「同感！」

拍手が起った。――川崎良子も、力一杯拍手をした。

倉沢は、目を潤ませて、じっと動かなかった……。

「パパ！」

と、園庭で遊んでいた岐子が手を振る。

倉沢は、にこやかに手を振って見せた。

「──いや、何とお礼を申し上げていいか」

「いや、これも仕事です」

と、淳一は言った。

「あなたが、あの空港での様子を見て、怪しいと教えて下さらなかったら、どうなっていたか」

「こっちも、首を突っ込んでみて、ややこしいので目を丸くしましたがね」

と、淳一は笑った。「まあ、何とかおさまって良かった」

原田涼子がやって来た。

「あなた、もうお仕事でしょ」

「うん。──また時間がある度に見に来よう」

倉沢が車に戻り、行ってしまうと、淳一は、

「結局、結婚はしないことに？」

と、言った。

「ええ。──あの人は、今、奥様を見捨てるわけにいかない、と。よく分かります。私はあの子を認知してもらっただけで、満足ですわ。自分で選んだことですから」

原田涼子の表情は爽《さわ》やかだった。「あ、そろそろお帰りの時間。では、これで」

涼子が行ってしまうと、車がやって来て、

「あなた」

と、真弓が顔を覗かせた。

「やあ。――仕事中じゃないのか？」

「いいの。息抜きも必要よ」

「それもそうか」

淳一は、真弓の車に乗り込んだ。

「――少しはお金になったの？」

と、運転しながら真弓は訊いた。

「ああ。あの機械を何時間か預かっただけにしちゃ、いい稼ぎさ」

ずいぶんややこしかったがね、と呟く。

「それじゃ――」

と、真弓がニッコリ笑って、「どこかでゆっくり休んで行く？」

「そうだな」

淳一は肯いて言った。「稼いだ分だけ休もうか。時は金なり、だ」

解説──トップランナーの実力が異色コンビを通じて炸裂した素敵な作品集

村上貴史（ミステリ書評家）

それにしても、赤川次郎の発想はなんと柔軟なのだろう！

コンビ探偵を描くに際して、夫は泥棒、妻は刑事とするなんて！

しかも、その二人が〝協力して〟事件の解決に当たるなんて！

さらにさらに、主に泥棒の方が推理力を発揮するなんて！

そして、刑事である妻は、刑事という立場を利用する以上に、その強烈な個性を活かして事件を揺さぶって推理のためのデータを集めてくるなんて！

三十四歳でなかなか男前の泥棒・今野淳一と、その妻で二十七歳の美人刑事・真弓のコンビが、二十五歳で真弓にぞっこんの道田刑事を巻き込みながら事件を解決していく。彼等の活躍が、本書には五篇収録されている。そのそれぞれをまずは紹介していくとしよう。

第一話「可愛い犬には旅をさせろ」では、豪邸で殺人が発生し、さらにそれが誘拐へと進展していく。殺されたのは金持ち本人ではなく、使用人である元プロレスラー。その屈強な男が殺され、太郎が連れ去られたのだ。その太郎は——という点は本文を読んで確認して戴くとして、太郎の素性を含め、冒頭のわずか一〇頁あまりに、読者の想定を覆す意外な事実がとととんと並べられる。その心地よさを通じて、読者は一気に作品の世界に引きずり込まれてしまうのだ。赤川次郎一流のマジックといえよう。そこから先の展開も鮮やかで、なんとこの事件に淳一と真弓が〝公私ともに〟かかわってしまうのである。こんな具合に徹頭徹尾意外な展開を読者に提示しつつ、その犯罪の奥底にある〝登場人物の心〟は、読者にもしっかりと共感できるかたちに仕立てられているのだ。なんとも巧みである。

続く第二話「スクールバスに並ばないで」もまた素敵な一篇だ。この短篇の中心人物である広田肇は、会社に急ぐあまりバスに乗り間違えてしまう。単に路線を間違えたのではない。路線バスではなくスクールバスに乗ってしまったのだ。慌ててバスを降りようとした広田だが、それはきっぱりと拒絶された。そのルートの責任者だという小学六年生・桜井久美が、途中で扉を開けることは規則違反になるというのだ。広田肇、遅刻のピンチである……。とまあこんなシーンによって冒頭で読者をしっかりとつかむこの短篇は、その後、二転三転して結末へとなだれ込む。その「転」のたびに、読者は予想だにしなかった光景を見せられるのだ。その結末は、けっして平穏なものではない。むしろ人の弱さや狡《ずる》さを感じさせる苦い内容である。だが、この短篇には、それだけにとどまらないプラスアルファがある。重たい事実を押しつけられた一人の登場人物が、なんともポジティヴな受け答えをするのだ。それがこのツイストに満ちた短篇の結末での救いであり、佳い一作を読んだという読後感をもたらしてくれるキーである。そんなキーを最後にきっちりと置いておく赤川次郎、さすがである。

第三話は「明日に架けた吊り橋」。淳一は、真弓と道田とともにあるホテルを訪ねた。ある人物と会うためである。だが、いざホテルに到着してみると、その相手は殺されていた。そしてその現場には、秘書だと名乗る二十歳そこそこの女性がいた——秘書としての実務は何も出来ない女性が……。この短篇は、なかなかにアクティヴでありスペクタクルである。淳一と真弓は道田を伴って瀬戸内海の島まで足をのばすし、その島ではハリウッド映画的に大仕掛けなシーンも用意されている。つまり、第一話や第二話とは異なる魅力で読者を結末まで導くのだ。何十年もトップランナーであり続けてきた経歴からすれば当然のこととついつい思ってしまうが、この引き出しの多さは、やはり着目しておくべきであろう。ちなみに本篇にはハートウォーミングな要素も交えられており、読む者を幸せにしてくれる。赤川次郎がトップであり続けられた理由を体感できる一篇である。

そして「三途の川は運次第」が第四話。三十七歳の主婦、三田恵が新たに始めたアルバイトは実に奇妙だった。ホンのちょっとしたことをするだけで（というか実質的には何もしないのに）、十万円という大金がもらえるのである。疑問を覚えつつも、自分たち家族の家計の状況を考えた恵は、そのアルバイトを何度も繰り返してしまう。そんなある日、変化が起きた。アルバイトの始まり方は一緒だったが、いつもなら終わる時間になっても、一向に終わらないのである。一体何が起きているのか……。こうしたタイプのミステリでは、コナン・ドイルがシャーロック・ホームズを探偵役に描いた「赤毛連盟」が有名だが、本書もその〝奇妙なお仕事がミステリ〟の系譜に連なる一作といってよかろう。ちなみにこの第四話は、奇妙なお仕事を発端に、殺人や拉致《らち》へと事件が発展していき、さらに意外なかたちで本書の主役と結びついて幕を閉じるという、なかなかに贅沢《ぜいたく》でユニークな仕上がりとなっている。

最終話が「時刻《とき》は現金《かね》なり」。先代社長の娘と結婚してそちらの籍に入り、社長を務めている倉沢。六十五歳になるが、実権はあいかわらず実質的オーナーである先代社長の娘(すなわち妻だ)が握ったままである。この倉沢社長が、淳一にある仕事を依頼してきた……。そもそも一般企業の社長が泥棒にお願い事をするなんて尋常じゃないのだが、この最終話では、そこにドラ息子が登場し、さらに脅迫事件があり、裏切りや私欲があきらかになり、といった具合に話がどんどん妙な方向にエスカレートしていくのである。まずはそれ自体が読んでいて愉しいのだが、それに加えて、要所をきっちりと普遍的な愛情で締めているところが素晴らしい。巻末におかれるに相応《ふさわ》しい一篇である。

さてさてこのシリーズ、妻が刑事で夫が泥棒というコンビの異色さと、そのコンビが計算のあるようなないような連係プレイで事件を解決に導く点が魅力である。淳一と真弓は、本書収録のような短篇だけでなく、長篇でも活躍しているので、未読の方は是非そちらも読んでみていただければと思う。

本書で異色コンビがゆるやかな連係プレイで事件に取り組むミステリを愉しんだ方は、シリーズの他の作品だけなく、他の作家の異色コンビミステリにも手を伸ばしてみては如何《いかが》だろうか。そうすることで、本書の魅力を更に深く味わえるようになるだろうし、そもそも、幸せな時間を過ごせるからだ。

というわけで、そうした作品をいくつか紹介しておくとしよう。

まずは柳広司の『トーキョー・プリズン』（二〇〇六年）。『ジョーカー・ゲーム』に始まるシリーズで現在絶好調の作家の長篇ミステリである。戦時中の出来事の情報を求めて巣鴨のトーキョー・プリズンを訪れた元軍人のニュージーランド人私立探偵フェアフィールドと、そのトーキョー・プリズンに収監されている貴島という日本人（頭脳明晰なれど五年間の記憶を失っている）が、プリズン内で発生した連続怪死事件の謎に挑む。二人の関係をはじめとして読みどころ満載の一冊であり、緊迫感と緊張感に満ちた謎解きを愉しめる作品だ。

やはり囚人がコンビの片割れとなるのが、『トーキョー・プリズン』にずっと先だって刊行された『羊たちの沈黙』（一九八八年）だ。トマス・ハリスが著したこの小説では、残虐な事件の真相を解明しようとするFBI訓練生のクラリス・スターリングが、獄中の精神科医レクター博士の助言を得る。映画化もされたので内容をご存じの方は少なくないだろうが、読み応えも迫力も満点の歴史的名作である。

その他、中年白人探偵のビル・スミスと、若い中国系女性探偵リディア・チンという対照的なコンビが様々な事件を解決していくS・J・ローザンの作品群（『チャイナ・タウン』（一九九四年他）や、ニューヨーク市警の刑事イライジャ・ベイリが人間型ロボットのR・ダニイル・オリヴォーとのコンビで殺人事件の捜査に乗り出すアイザック・アシモフ『鋼鉄都市』（一九五四年に未来の物語として発表されたSFミステリだ）、捜査一課の刑事が言葉でのコミュニケーションが困難な三毛猫の名探偵を相棒に事件を解決する作品群（誰のなんというシリーズかは言うまでもあるまい）など、異色コンビミステリもまた、刺激的なミステリの宝庫である（おしどり夫婦ミステリや、怪盗探偵ミステリについては、本シリーズ第二作『待てばカイロの盗みあり』の山前譲解説を参考にされたい）。本書を愉しんだついでに、そちらも是非お試しあれ。

この『泥棒に手を出すな』を手にとってしまったあなた――。本書は、赤川次郎の《夫は泥棒、妻は刑事》という芳醇なミステリ・シリーズに飛び込むための一冊として愉しいし、そもそも、赤川次郎の描く意外かつ共感できる世界を堪能するための第一歩としてもよい。さらに、古今東西の異色コンビミステリを味わうための入口としても有用だ。そしてもちろん、五つの高水準な短篇が収録した作品集として、単品でも愉しめる。と考えれば、だ。いくらタイトルが『泥棒に手を出すな』だからといって、本書に手を出さない手はない。是非是非手を出していただきたい。それがあなたのためだよ。

二〇一二年十月

本書は1993年6月徳間文庫として刊行されたものの新装版です。
なお、本作品はフィクションであり実在の個人・団体などとは一切関係がありません。

徳間文庫

夫は泥棒、妻は刑事 7

泥棒《どろぼう》に手《て》を出《だ》すな
〈新装版〉

2012年11月15日 初刷

著者 赤《あか》川《がわ》次《じ》郎《ろう》

発行者 岩渕徹

東京都港区芝大門二—二—二 〒105—8055

発行所 株式会社徳間書店

電話 編集〇三(五四〇三)四三四九
販売〇四八(四五一)五九六〇

振替 〇〇一四〇—〇—四四三九二

印刷 凸版印刷株式会社

製本 東京美術紙工協業組合

ISBN978-4-19-893617-4 (乱丁、落丁本はお取りかえいたします)

徳間文庫の好評既刊

夫は泥棒、妻は刑事1
盗みは人のためならず
赤川次郎
夫34歳、職業は泥棒。妻27歳、仕事はなんと警視庁捜査一課刑事!

夫は泥棒、妻は刑事2
待てばカイロの盗みあり
赤川次郎
淳一と真弓がディナーを楽しんでいると男が突然拳銃をつきつけ!?

夫は泥棒、妻は刑事3
泥棒よ大志を抱け
赤川次郎
真弓が久々に出会った初恋の相手は命を狙われていて家が火事に!?

夫は泥棒、妻は刑事4
盗みに追いつく泥棒なし
赤川次郎
真弓が買物から帰宅し車のトランクを開けてみるとそこに子供が…

夫は泥棒、妻は刑事5
本日は泥棒日和
赤川次郎
今野家に少女が忍び込んだ。二日後、銃声で駆けつけるとそこに…

夫は泥棒、妻は刑事6
泥棒は片道切符で
赤川次郎
真弓が撃たれた! 静養のために泊まったホテルに脅迫状が届き…